석류성 거짓말

온유경

밤산책가

석류성 거짓말

온유경 단편선

차례

○

그림자놀이…11

흐물덩…37

말랑지구떡…75

석류성 거짓말…99

다눈의 뿔…127

× 그림자놀이

그럼 우리 내기 할래?

내 말대로 유림이 악귀가 맞다면, 나와 함께 탄토炭吐의 구멍에 가 줘.

○

아니야! 내 말이 맞아!

쉿, 망자들이 다 달려 나오겠어. 쪼끄만 게 목청이 왜 이렇게 커?

잔뜩 부풀린 볼과 뾰족하게 튀어나온 입술은 아이가 가진 불만이 상당하다는 것을 의미했다. 제 은인을 모욕한 괴이에게 보이는 적절한 반응이었다. 하지만 목소리가 크다는 말이 신경 쓰였는지, 쌕쌕거리던 소리가 조금씩 잦아들었다. 그러나 주장은 굽히지 않았다.

유림 님은 악귀 같은 게 절대 아냐! 나한테 얼마나 잘해 주시는데?

벌써 아이들의 혼을 스물아홉 개나 먹어 치웠다잖아. 그게 악귀가 아니면 뭔데?

그럴 리 없어. 유림 님은 안眼이니까.

증거는? 있어?

그 말에 다미의 입이 일자로 다물렸다. 증거 같은 게 있을 리 없었다. 유림을 향한 맹목적인 신뢰가 전부였으니까. 하지만 여기서 주춤한다면 괴이는 영영 제 은인을 악귀 따위로 규정하겠지. 본래 아이란 존재는 오기를 빼면 시체였다.

우리를 지켜 주잖아. 여기 공숲에서 다른 사람을 위해 헌신하는 사람이 또 누가 있어? 다 자기 살기 바쁘지.

우리?

괴이가 헹, 코웃음을 쳤다.

너희겠지. 그럼 우리 내기 하나 할래?

괴이의 머리가 눈 앞에 불쑥 나타났다. 아무리 겪어도 그의 신체 구조에는 적응이 되지 않았다. 그는 자유자재로 몸을 늘리거나 줄일 수 있었다. 시커멓고 밋밋한 몸체는 그림자를 연상시켰는데, 뭉툭함이 전부인 그림자보다 입체적으로 모습을 구현할 수 있었다. 예를 들면 지금처럼 머리통만 빼내 저 아래로 내려보낸다거나 이목구비를 만들어 내는 식이었다. 몸을 변형하는 건 괴이들의 특징이었다. 안타깝게도 길이 자체는 줄일 수 없었다. 다미의 앞에 있는 이 괴이는 40m나 되었다. 그래서 다미는 '40m 괴이'를 줄여 '사이'라고 부르곤 했다. 나름의 애칭이었다.

　유림의 정체를 알아내는 거야. 어때?

　다미는 고민도 하지 않고 고개를 끄덕였다. 당연히 제가 맞다는 확신이 있었다. 사이의 코를 납작하게 해 줘야지. 아, 얜 코라고 부를 만한 게 없구나. 아이는 사이의 움푹한 얼굴을 매만지며 깨달았다. 손을 움직이는 대로 살갗에 자국이 남는 게 신기해 여기저기 만지작댔다. 촉감도 신기했다. 물렁물렁. 사이는 손 타는 짐승처럼 가만히 있었다. 아. 그러다 무언가 떠오른 듯 다미가 눈을 빛냈다.

　뭐 거는 건 없어?

　그 반짝임을 물끄러미 바라보던 사이는 머리를 다시 위로 올려 보냈다. 손이 허전해진 아이가 아쉬워하는 소리를 냈다. 하늘 가까운 곳에서부터 대답이 천천히 내려왔다.

　내 말대로 유림이 악귀가 맞다면, 나와 함께 탄토炭吐의 구멍에 가 줘.

　탄토의 구멍. 죽어 올라온 지 별로 되지 않은 다미는 이 세계에 대해 모르는 게 많아 사이에게 열심히 배우고 있었다.

그중 하나인 탄토의 구멍은 혈$_\pi$에 위치한 형벌지로, 혈에 들어갈 수 있는 건 관장자와 49일 이후의 괴이뿐이었다. 거긴 본성이 이기적이고 안하무인인 괴이들조차 가기를 꺼리는 곳이라 했다. 죽음 속에 죽음이 있는 곳이라고. 하지만 49일을 무사히 보내지 못한 괴이들은 예외 없이 끌려가 그곳에서 최후를 맞이해야 한다고. 정말 슬프게도, 사이 역시 정해진 일수를 결함 없이 채우지 못한 모양이었다.

그래, 좋아!

사이가 어쩌다 돌이킬 수 없는 실수를 저질렀는지, 혈이 얼마나 무시무시한 곳인지, 망자도 탄토의 구멍에 갈 수 있는지 다미는 아는 게 전무했다. 그러나 다미에게 그건 중요하지 않았다. 함께 가자는 말 한마디면 아이를 행복하게 만들 수 있었다. 아이가 가진 건 감정 변화가 드문 괴이조차 놀랄 만큼 유례없는 순수함이었다. 타고난 성정이 그랬다. 한 번 마음을 주면 되돌려받지 않는다. 그건 다미가 9년밖에 살지 않았어도 절대 포기할 수 없는 신념이었다. 다미는 사이의 물컹한 감촉을 계속 느끼고 싶었다. 머릿속은 늘 자신에게 더없이 소중한 존재들 생각으로 포화 상태였다. 오죽하면 뇌를 다 채우고도 부족해 심장으로 튀어나오겠는가.

그럼 내 말이 맞으면 유림 님에 대한 생각을 바꿔 줘.

사이에게 남은 시간은 7일. 그 안에 유림의 정체를 알아내기로 했다.

○

 다미가 유림을 '안'이라고 생각하는 데에는 합당한 이유도 없고 근거를 찾기도 어려웠다. 안은 애초에 이름만 있는 존재였기 때문이다. 하지만 사이가 들려준 옛날이야기는 무섭지만 흥미로웠다. 아이를 매료시킬 만큼.

 공에서 아주 오래전, 그러니까 사이와 다미가 태어나지도 죽지도 않았던 시절에 이름 사냥이 벌어졌다. 아이 사냥이라고도 불리는데, 탄토되기 싫었던 괴이들이 그들 대신 망자 아이들을 희생시킨 사건이었다. 그때까지만 해도 괴이의 외관은 망자와 비슷했다. 그래서 괴이들은 관장자들의 눈을 피해 아이들을 탄토 구멍 아래로 떨어뜨렸다. 먹이의 맛도 생김새도 구분할 줄 모르는 구멍은 그저 입속에 들어오면 씹고 녹일 뿐이었다. 영원히 반복되는 굴레. 그 안에서 맞이하는 무료한 지침과 체념. 죽었지만 선명하게 느껴지는 고통. 아이들은 이미 한 번 죽은 몸이었기에 다시 죽지도 못했다. 없어진 아이의 이름은 괴이들이 차지했다. 그러곤 망자인 척 야금야금 세계에 녹아들었다. 그러나 아이들을 끔찍이도 사랑한 어느 망자가 이상함을 눈치챘고, 결국 가짜 이름으로 살고 있던 괴이들의 정체를 밝혀냈다. 이후 공에서 '안'이라는 새로운 관장자가 생겼다는 소문이 돌았다. 이름보다는 신분에 가까웠다. 새로 올라오는 아이들이 또다시 괴이에게 화를 당하는 일이 없도록 지켜보는 일을 하는 사람. 문제는 그가 누구인지 전해지지 않았다는 것이다. 소문만 무성하고 실체는 없는, 아이들을 위한 수호자. 그는 정말 존재할까?

당연하지. 다미는 확언했다.

유림은 이곳에서 가장 오랜 세월을 보냈다. 책을 서책이라 표현하고 비단옷과 긴 머리를 고집하는 걸 보면 적어도 다미보다 훨씬 이전 시대의 사람인 게 분명했다. 아이의 부족한 산수 실력으로 아이 사냥이 벌어졌던 시기를 이승의 시간으로 계산해 보니 얼추 비슷했다. 게다가 가짜 망자를 찾아낸 어느 망자처럼 유림도 아이들을 사랑했다. 다미도 그의 사랑을 받은 아이 중 한 명이었고, 특별한 대우를 받는 유일한 아이이기도 했다. 위험에 빠진 아이를 직접 구해 준 경우는 다미가 처음이었다고, 망령들이 입을 모아 증언해 주었다. 아이는 독점을 애정의 증거로 삼았다. 그러니 자그마한 어깨가 하늘 모르고 치솟는 건 당연했다.

하지만 그날은 정말 죽을 뻔했다. 이미 죽은 마당에 죽을 뻔했다고 표현하는 것도 우스웠지만 그만큼 위험한 상황이었음은 여실했다. 다미의 유일한 괴이 친구가 특이한 거지, 일반적인 괴이들은 정말 험악하고 말도 통하지 않는다. 자기의 안위 보존에만 관심이 있는 데다가 아이라면 치를 떨었다. 그래서 드물지만 예전처럼 아이를 몰래 죽이는 경우도 더러 있었다. 다미가 처음 올라오자마자 맞닥뜨린 괴이가 바로 그런

종류였다. 새빨간 빛으로 몸이 흉흉하게 빛나던 그 괴이는 지렁이처럼 생겼지만 그보다 열 배는 더 컸다. 새끼손가락만 했던 그것은 다미와 가까워질수록 점점 늘어나더니 다미의 앞에 도달했을 때는 인간의 목 뒤에서 뽑아낸 혀의 길이만큼 길어져 있었다. 눈도 코도 입도 달려 있지 않았다. 대신 사람의 것보다 뾰족한 이빨이 표면에 촘촘히 박혀 있었다. 그 이빨을 번득이며 다가오는데 주변은 표백제를 부은 것처럼 새하얗기만 해 퇴로 같은 건 찾을 수 없었다. 이승 감각을 잃기도 전에 찾아온 저승의 괴물은 어린 애의 공포심을 일으키기 충분했다. 때마침 나타나 괴이를 물리쳐 준 유림이 아니었다면 다미는 지금쯤 괴이의 내장에서 천천히 녹아가고 있거나 이미 위액이 되고도 남았을 것이다. 아이는 은혜를 갚을 줄 알았다. 자신보다 월등히 뛰어난 존재에게 한낱 아이가 물질적으로 보답하기도 여의치 않다는 것도 잘 알았다. 다미의 유일한 무기는 조건 없는 애정이었다. 그래서 그걸 주기로 했다.

그러므로 유림의 뒤를 도둑고양이마냥 따라가고 있는 건 이왕 시작한 내기에서 이기고 싶은 마음 때문도 있었지만, 사이의 오해를 풀어주고 싶은 사적인 이유가 더 컸다. 그가 생각한 것처럼 유림은 나쁜 사람이 아니라고. 자신의 소중한 존재들끼리 친해지면 더할 나위 없이 좋을 것 같았다. 순수한 호의이자 순전한 이기심이었다.

공의 해는 지지 않는다. 부지 가운데엔 늘 태양 그림자가져 있었다. 이름처럼 빈 공간이 대부분이라 그럴듯한 구조물이나 건물도 거의 없었다. 그래서 태양 그림자를 기준으로 방향과 위치를 설정했다. 그림자에서 북쪽으로 가면 혈이 나오고 남쪽으로 가면 망자들의 집이 모여 있다는 식이었다. 초행자들이 길을 헤매고 있을 때 해의 가운데를 찾아가라는 조언 하나면 통했다. 하지만 그 가운데에 서 있어도 미아가 된 심정을 느낄 수도 있다는 걸 다미는 막 깨달은 참이었다.

반나절 전, 문에 달린 조막만 한 창문으로 건너편을 하염없이 쳐다보고 있으니 어느 순간 그가 문을 열고 나왔다. 눈이라도 마주칠까 황급히 몸을 숨긴 다미는 그가 어느 정도 멀어지자 부랴부랴 외출 준비를 했다. 새하얀 집에서 문을 열고 나와 네 개의 층계를 내려가면 바로 통행로가 나오는데 한 사람이 겨우 지나갈 만한 너비였다. 그 옆으로는 까마득한 어둠이 가라앉아 있었다. 해가 떠 있어도 끝이 보이지 않을 정도면 얼마나 깊은지 헤아리기도 어려웠다. 그래서 도로로 나갈 땐 긴장을 늦출 수 없었다. 혹시 발이 미끄러져 옆으로 떨어지기라도 한다면. 다미는 몸을 부르르 떨었다. 상상도 하기 싫었다. 이미 죽은 몸이 과연 또 죽을 수 있을지 실험 정신이 대단한 사람이었다면 한 번쯤 추락을 시도해 봤겠지만 다미의 관심사는 그게 아니었다.

저만치 멀어진 유림의 뒤를 부지런히 쫓아 걸었다. 그는 망자 아이 하나와 마주쳐 한참 이야기를 들어 주는 중이었다.

한 글자라도 놓치지 않겠다는 듯 무척이나 집중한 얼굴이었다. 아이가 돌아가자 그는 다시 움직였다. 이번에는 20대 모습으로 멈춰 있는 망자를 만났다. 망자가 손을 흔들었지만 못 봤는지 그는 멈추지 않고 계속 걸었다. 괴이들이 부리나케 모습을 감췄다. 이상하게 괴이들은 유림을 무서워했다. 조용히 뒤따르다 보니 그는 어느새 죽은 풀과 털이 깔린 놀이터 옆을 지나고 있었다. 여기만 거치면 금방 공 한가운데에 다다를 것이다. 그는 다시 멈춰 서서 창자처럼 꾸불꾸불한 미끄럼틀을 타고 있는 아이들을 지켜보았다. 남자애 하나가 넘어지자 그의 표정이 걱정스럽게 변했다. 씩씩하게 다시 일어선 아이를 보면서는 조용히 미소 지었다. 유림은 놀이터가 텅 비고 나서야 다시 길을 떠났다.

태양의 그림자가 여전히 흰 바닥 위에 길게 누워 있었다. 유림은 그 그림자를 밟으며 거침없이 북쪽으로 갔다. 혈이 있는 방향으로. 다미는 선택의 기로에 서 있었다. 그를 계속 따라갈 것인지 아닌지를 결정하는.

실수로라도 절대 혈에 들어가면 안 돼. 빠져나오지 못할 거야.

그가 예전에 해 준 경고가 생각났기에 더욱 망설여졌다. 하지만 고민은 길지 않았다. 유림이 벌써 시야에서 사라졌기 때문이다. 다미는 조급함에 쫓겨 북쪽으로 발을 옮겼다.

혈은 생각보다 멀지 않았다. 구멍 특유의 축축하고 퀴퀴한 냄새가 나 벌써 근처에 도달했다는 걸 본능적으로 알 수 있었다. 순식간에 폐실에 갇힌 듯한 막막함에 휩싸였다. 정말 한 번 들어가면 나오지 못할까? 그런데 그런 위험한 곳에 왜 가는 거지? 혈은 죽음의 공간이 아닌가? 머리카락이 곤두섰다. 설마, 그도 괴이처럼 형벌을 받으러 가는 걸까? 하지만 그는 눈이잖아. 불사가 아니야?

잠시 사념에 빠진 사이 유림은 어느덧 혈로 이어지는 문간을 넘고 있었다. 다미는 대문으로 달려갔다. 덜커덕. 동시에 두꺼운 중문이 닫히는 소리가 들렸다. 하얀 머리카락이 나풀거린 순간이 잔상처럼 남았다. 안 돼! 돌진하다시피 간 다미를 막은 건 있는 줄도 몰랐던 문지기였다. 그들은 얼굴을 제외한 전신을 붕대처럼 두꺼운 천으로 돌돌 감고 있었는데, 인간의 형상을 하고 있어 당연히 망자인 줄 알았다. 그런데 살짝 풀려 있는 천 안에 들어 있는 건 부드러운 피부가 아니라 곰팡이가 핀 것처럼 푸르죽죽한 거품 덩어리였다. 심지어 한 문지기의 눈은 익사체처럼 살점이 떨어져 나가 있었다. 부식이 여전히 진행되고 있는지 눈가의 천이 부풀어올라 있었다. 괴이보다도 더 괴이한 생명체를 본 충격에 다미는 새된 소리를 질렀다. 이상 부위를 제외하면 망자와 다름없었으나 괴이라고 하기엔 몸을 변형한 흔적이 없었다. 변형되었다면 모를까. 뻣뻣하게 굳은 다미의 몸이 힘없이 밀려났다. 말 한마디 없이 다미의 어깨를 미는 손길이 미약했다. 돌아가라는 뜻인 것 같았다. 정체를 물어보려고 입을 연 순간이었다. 답은 의외의 곳에서 들려왔다.

그건 괴이가 되다 만 망자란다. 정 때문에 그리되었지.

줄곧 찾고 있던 목소리였다. 어느새 활짝 열린 문 앞에 유림이 팔짱을 낀 채로 서 있었다. 다미는 그 너머로 혈의 모습을 처음 보게 되었다. 발로 디디면 푹신한 촉감이 느껴질 것 같이 수북이 자라난 풀들, 오아시스처럼 멀어 보이는 울창한 숲, 녹이 슨 듯한 비릿한 냄새, 그리고 피부세포 하나하나 질식사시킬 듯한 뜨겁고 무거운 공기. 그곳은 형벌의 장이었다. 괴이들이 가히 피할 만했다. 용암이 부글부글 끓는 소리처럼 무언가 펑펑 터지는 소리가 났다. 다행히 다미의 몸이 두려움에 잠식당하기 직전 문이 닫혔고, 목을 틀어쥔 듯한 압박감은 더이상 느껴지지 않아 안도의 숨이 흘렀다.

아가. 실수로라도 절대 들어오지 말라고 말하지 않았었니? 어서 돌아가렴.

그러나 무서운 것과는 별개로 다미는 결코 혼자 돌아갈 생각이 없었다. 저런 끔찍한 곳에선 단 1분도 버티지 못한다. 그건 그도 마찬가지일 것이다.

유림 님은요? 들어가면 죽잖아요. 같이 돌아가요, 네?

그가 멍한 표정을 짓더니 이내 청명한 웃음을 터뜨렸다.

날 걱정하는 거니? 정 내가 염려된다면….

그가 문지기들에게 신호했다. 어느새 몸의 방향이 대문 쪽으로 틀어져 있었다. 꼼짝없이 쫓겨날 처지였다. 고집스럽게 발버둥쳐 봐도 그들의 힘을 당해낼 수 없었다.

괴이랑 노는 건 이제 그만두렴. 마지막 경고야.

어쩔 수 없이 집에 돌아온 다미는 유림을 걱정하느라 한숨도 자지 못했다. 내일이면 돌아올 거라는 기대는 무참히 깨졌다. 그는 사흘이 지나도록 공으로 돌아오지 않았다.

○

도와줘.

사이는 머리가 가려운 느낌에 손가락을 만들어 정수리를 긁고 있다가 들은 말 치곤 가혹한 말이라고 생각했다. 머리를 숙이지 않으니 아이가 점처럼 보였다. 발치에서 들려온 소리가 제게 잘 전달이 됐는지도 의심스러웠다. 사이는 거대한 몸을 수그려 아이와의 높이를 좁혔다. 그러자 울적한 얼굴을 한 다미가 기다렸다는 듯 그의 목에 매달렸다.

날 삼켜.

대뜸 그렇게 명령한 다미는 자초지종을 설명했다. 유림이 걱정되는데, 망자는 혈에 들어가지 못하니 뱃속에 저를 넣어서 데리고 가 달라는 말이었다. 사이는 당연히 거절했다.

거긴 한 번 들어가면 못 나와.

알아. 내가 그것도 모를까 봐? 그래도 괜찮아!

사이는 정말 이해할 수가 없었다. 위험하다는 자각이 없는 걸까. 도와준다는 말은 생각도 않고 있었는데 아이의 얼굴에 떠오른 성급한 기대를 보니 마음이 약해졌다. 하지만 이번에는 사이도 쉽게 물러날 수 없었다. 제 발로 혈에 들어가는 멍청이가 도대체 어디 있단 말인가? 들어가는 즉시 구멍에 삼켜질 게 뻔한데. 그는 그에게 남은 시간을 모두 쓴 뒤에 떠나고 싶었다. 집행일까지는 아직 4일이나 남아 있었다.

유림은 안 죽어. 물론 아직 우리 내기가 끝난 건 아니지만, 네가 그랬잖아. 유림은 안이라고.

응! 지금도 내 생각엔 변함없어.

근데 왜 그를 구하러 가겠다는 거야?

혼자는 무섭잖아.

당연한 걸 묻느냐는 눈빛. 그 눈빛에 사이는 말문이 막혔다. 유림이 그런 걸 신경이나 쓰겠냐고, 살상하는 자가 고독이 무서워서 울겠냐고 쏘아붙이며 아이의 환상을 깨부수고 싶었다. 하지만 차마 그러지 못한 이유는 아이가 소중히 일궈온 진심을 건드릴 수 없어서였다. 그게 아이의 전부인데, 어떻게 전부를 앗아갈 수 있을까.

너도 혼자 있기 무서워서 그런 조건을 걸었잖아. 아니야?

아이는 의도하지 않았겠지만, 그의 죄책감을 아주 날카롭게 찌르는 말이었다. 그가 다미에게 탄토의 구멍에 같이 가자고 한 건 혼자가 싫어서라는 단순한 이유가 아니었다. 원래는 아이를 희생시킬 생각이었다. 이름을 빼앗기 위해. 하지만 모든 게 어그러졌다. 불순은 어느새 약점이 되어 꽁꽁 숨겨야 할 것이 되어 버렸기 때문이다.

어쩌면 다 함께 살 수 있을지도 몰라.

지나치게 낙관적이고 천진하고 멍청한 아이에게 제 약점을 들키고 싶지 않았다.

날 혼자 두고 갈 셈이야?

정적이 무거웠다. 하지만 견뎠다. 사이도, 다미도. 진심이라는 건 원래 진중했으므로 가볍게 치부해선 안 됐다. 그와 별개로 사이는 늘 궁금했던 게 하나 있었다.

넌 나를 왜 믿어?

아이가 보여주는 믿음의 원천. 그건 도대체 어디에 있는지. 하지만 아이의 마음은 단순명료했다.

나랑 놀아주는 괴이는 너뿐이니까.

허탈한 심경을 감출 수 없었다. 괴이랑 놀아주는 망자도 너밖에 없어. 사이는 그렇게 말하고 싶었다. 그토록 많은 망자와 괴이가 존재하는데 왜 서로를 본체만체하는지, 괴이들에게 어떤 꿍꿍이가 있는지 정녕 모르는 걸까? 알았다면 자진해서 괴이의 뱃속에 들어가겠다고 말하지 않았겠지. 다미는 괴이와의 깊은 접촉이 어떤 파국을 가져오는지 모르는 눈치였다. 왜 아무도 아이에게 괴이와 어울리면 안 되는 이유를 알려주지 않는가. 심지어 유림조차. 유림의 속내를 다 아는 건 아니었지만, 사이가 느끼기에 그는 아이가 무지한 상태로 남아 있기를 바라는 것 같았다. 그게 바로 유림이 수호자일 리 없다고 생각하는 근거였다.

사이는 괴이였다. 그건 다미가 알면서도 모르는 것이었다. 사이가 괴이라는 것. 그러니까, 이기적인 본성을 가졌다는 것. 본디 아이를 싫어하는 족속이라는 것. 그러나 어느 무리든 별종은 존재했다. 아이를 허무맹랑하다고 여기면서도 간절한 눈빛을 외면하지 못하는 세 별종이라면, 사이는 별종도 나쁘지 않다고 생각했다.

내기는 이제 끝났어. 혈에 가기로 한 이상 탄토의 구멍에 너도 함께 가야 해.

다미를 아래로 떨어뜨리는 건 이제 못한다. 다만 다미가 그의 최후를 지켜볼 구경꾼이 되어 준다면, 적어도 그 순간만큼은 유림을 구하러 가야겠다느니 걱정된다느니 하지 않고 추락하는 그림자에 집중해 주지 않을까. 그거면 충분했다.

그러자 다미가 활짝 웃으며 고개를 끄덕였다.

당연하지! 처음부터 같이 갈 생각이었어!

일순간 다미의 몸이 환영처럼 일렁였다. 투명해진 피부 너머로 조금씩 전진하고 있는 심장이 보였다. 마치 괴이가 몸을 변형하는 것처럼. 사이는 아이를 괴이로 만드는 아이의 애정이 무서웠으나 끝내 모른 척했다.

○

의아해하는 시선이 사이의 무릎에 와 닿았다. 한쪽 눈이 물러진 문지기가 아무리 고개를 높이 빼 들어도 이 거대한 괴이의 얼굴은 볼 수 없었다. 저 위에서부터 목소리가 떨어지듯 내려왔다.

구멍에 가려고요.

그들은 묻지 않을 수 없었다. 왜?

말인즉슨 제 발로 사지에 찾아온 이유를 묻는 것이었다. 지금까지 보초를 서면서 이런 괴이는 처음 보았다. 어떻게든 오지 않으려고 발버둥 치는 게 보통이었으니까. 혼란스러워하는 문지기들 앞에서 사이는 태연히 어깨를 으쓱였다.

이번엔 유난히 구멍에 들어가야 할 애들이 많다길래 안 붐빌 때 와서 조용히 가려고요. 보시다시피 생긴 게 이래서 이목을 끄는 일이라면 지겹거든요.

문지기들이 서로 시선을 교환했다. 뭐 이런 별종이 다 있느냐는 눈빛이었다. 하지만 안 될 건 없어 보였다. 잠시 고민하던 그들은 사이에게 식별번호가 무엇이냐 물었다.

0444996이요. 한참이나 장부를 훑다가 이내 어느 지점에 손가락을 올렸다. 044996번. 확인.

걸쇠가 풀리고 굳건했던 문이 손쉽게 열렸다. 사이가 문간을 넘자마자 문이 도로 닫히기 시작했다. 잠깐이라도 이 안의 공기와 닿고 싶지 않다는 듯 진저리치는 문지기들이 보였다가 금세 사라졌다. 공에는 이제 돌아갈 수 없었다.

사이의 몸이 허물어졌다. 동시에 끔찍한 토악질 소리가 새빨간 하늘을 뒤흔들 듯 울렸다. 내장이 제멋대로 꼬이는 기분이었다. 컥컥 소리를 반복하며 지상으로 건져진 물고기처럼 몸을 팔딱거리다가 와중에 유독 뱃속이 무거운 이유가 생각나 필사적으로 허리를 세웠다. 배 아래를 꽉 눌러 천천히 위로 밀어 올렸다. 볼록한 무언가가 그의 피부를 뚫고 나올 듯하다가 모습을 감추길 여러 번, 마침내 기다란 식도를 거슬러 올라와 입안까지 도달한 동그란 형체가 사이의 헛구역질에 모습을 드러냈다. 진초록빛 액체로 푹 젖어 있는 다미였다. 땀으로 범벅이 된 피부 곳곳에 찐득한 검은색 덩어리가 달라붙어 있었다. 사이의 속을 지나오는 길에 뜯겨 나온 그의 살점이었다. 밖으로 나온 다미가 위압적인 공기를 견디지 못하고 헐떡였지만 아직 인간의 내장 기관을 갖춘 상태라 곧 안정을 찾을 수 있었다. 하지만 사이는 아니었다. 거대한 몸체가 고통을 이기지 못하고 쓰러졌다. 땅이 크게 진동했다. 손가락까지 급조해 바닥을 단단히 짚어 보려 했으나 힘이 잘 들어가지 않았다. 가능한 한 크게 입을 벌리자 바닥으로 녹색 액이 철퍽거리는 소리를 내며 쏟아졌다. 다미의 머리카락이 물기로 축축해졌다. 눈이 따가워 양손으로 얼굴을 벅벅 문질러 닦았더니 손바닥 전면이 푸르게 물들어 있었다. 다미는 고개를 들어 죽어 가는 제 친구를 바라보았다. 눈이 마주쳤다. 사이가 간신히 목소리를 쥐어짰다. 가. 여기 있으면 너 죽어.

다미는 세차게 도리질했다. 네가 이렇게 될 줄 몰랐다고, 미안하다고, 아이의 죄책감이 발치로 덩어리져 내렸다. 유림을 찾으러 왔잖아. 사이가 다시 아이를 떠밀었다. 다미의 말대로 유림이 모든 아이들의 수호자라면 다미도 지켜줄 것이다. 그를 걱정해 사지까지 쫓아온 아이를 감히 외면하지 않겠지. 유림을 언급하니 망설이는 기색이 보였다. 이어 쐐기를 박았다. 널 보면 기뻐할 거야.

실은 새빨간 거짓말이었다. 그는 절대 기뻐하지 않을 것이다. 아이는 너무 많이 변해 있었으니까. 그러나 사이는 아이와 최대한 떨어져야 했다. 아이를 뱃속에 들어앉힌 찰나에 품었던 식욕이 여태 남아 사이를 괴롭혔다. 제 안에 떨어진 괴이를 영원히 저작하고 녹이고 뱉는 탄토 구멍처럼, 그렇게 부드러운 살을 음미하고 싶었다. 퍼뜩 정신을 차린 건 물이 찰랑거리는 것 같다며 신기해하는 아이의 목소리가 뱃속을 울렸을 때였다. 어느새 입가가 침으로 번들거리고 있었다. 피를 모두 뱉어내 영양소가 필요한 지금, 아이가 곁에 있으면 저도 모르게 한입에 삼켜버릴지도 몰랐다. 다행히 아이는 저만치 멀어져 있었다. 그제야 사이는 모든 힘을 빼고 드러누웠다. 목 안에서는 토사물 같은 피가 계속 솟구쳐 나왔다.

다미는 죽은 나무와 풀이 있는 숲으로 갔다. 여기도 해가 없었다. 붉게 타오르는 하늘만 있을 뿐이었다. 그런 줄로만 알았다. 하늘이 너무 시뻘게서 보이지 않았던 것이었다. 잎사귀가 가리고 있는 숲은 어두컴컴해 앞이 잘 보이지 않았다. 가느다랗게 뻗고 있는 줄기에 발이라도 걸려 넘어질까 봐 조심조심 발을 디뎠다. 메마른 풀이 부서지는 소리가 났다. 계속해서 걸으니 웅덩이가 구멍처럼 꺼져 있는 구간이 나타났다. 처음에는 피해 걸으려 했으나 깊이 들어갈수록 길이 점점 좁아졌고, 땅 전체가 움푹 패어 있어 결국 얕은 웅덩이를 찾아 밟아야 했다. 발목으로 물방울이 튀어 올랐다. 뜨끈했다. 고여 있는 건 물이 아니었다. 괴이들의 체액이었다.

탄토 구멍이 근처에 있구나. 다미는 본능적으로 눈치챘다. 하지만 여기까지 올 동안 유림의 그림자도 발견하지 못했다. 그는 도대체 어디 있지? 무사할까? 심장이 거세게 박동했다. 그런데 그 소리가 유난히 크게 들리는 기분이었다. 마치 턱 바로 아래에 심장이 있는 것처럼. 이상한 낌새를 느낀 다미는 제자리에 멈춰 서 가슴 쪽으로 천천히 시선을 내렸다. 뒤이어 공포 어린 비명이 들렸다.

핏줄이 불거진 심장이 흉골을 뚫고 나와 있었다. 언젠가 비슷한 모습을 한 괴이를 본 적이 있었다. 머리 뚜껑이 자꾸만 열려 그 안에서 주름진 표면이 삐져나오던 괴이였다. 하지만 그와 달리 다미의 심장은 집어넣을 수도 숨길 수도 없었다. 어두워서 잘못 본 게 아닐까? 밝은 곳을 찾아야겠다는 일념 하에 걸음이 조급해졌다. 신발 밑창이 축축하게 젖어 들어갔다. 이따금 진득한 게 붙어 발을 무겁게 만들기도 했다. 그러다 어느 순간 촘촘했던 나무 간격이 넓어지기 시작했다. 그 틈으로 작은 빛이 새어 나왔다. 희망을 발견한 걸음은 아무리 지쳐도 쓰러지지 않았다. 그러나 가까이 있다고 여긴 빛은 걸어도 걸어도 커지지 않았다. 발바닥이 뭉개진 벌레를 밟은 것처럼 물렁거렸다. 손톱이 흐물흐물해졌다. 어둠에 잠긴 피부가 본래 색으로 돌아오지 않았다.

이번에도 내 말을 듣지 않았구나.

빛줄기가 뻗어져 나오는 곳에 인영 하나가 가물거렸다. 유림 님? 그를 부르자 제 목소리가 아닌 것 같은 괴상한 진동이 들렸다. 그가 혀 차는 소리가 선명하게 들려왔다.

더러운 괴이가 다 되었어.

그에게서 처음으로 받는 혐오감이 생경했다. 괴이가 되었다는 사실보다 자신을 향해 있는 경멸이 훨씬 충격적이었다. 만천하에 드러난 아이의 심장으로 겨눠지는 날붙이. 숨길 수도 감출 수도 없다. 펄떡이는 심장을 내보이는 건 약점이구나. 다미는 필사적으로 매달렸다. 사랑을 갈구하는 아이처럼 애걸복걸했다. 어떻게, 어떻게 해야 해요? 그러자 조금 누그러진 목소리가 들렸다.

아가. 가까이 와 보렴.

그 말에 다미는 끙끙대며 기었다. 다리에 힘이 들어가지 않아 기어가는 게 더 빠를 것 같았다. 심장이 바닥에 질질 끌리고 잔가지에 긁혔다. 그렇게 멀어 보이던 빛은 유림의 말 한마디에 성큼 가까워져 있었다. 사흘 만에 본 그는 여전히 화사하고 아름다웠다. 반면 다미는 너무나도 추해져 있었다. 제 모습이 창피해 고개가 자꾸만 아래로 떨어졌다. 그런데 그의 발등에 청록색 덩어리와 액이 묻어 있었다. 낯설지 않은 것이었다. 다미는 고개를 번쩍 쳐들었다. 모래알처럼 고운 머리카락과 백옥같은 피부에 같은 게 묻어 있었다. 다미가 그토록 신봉하던 유림의 정체였다.

많이 지쳤구나. 가엾기도 해라.

안이 해사하게 웃었다.

○

사랑스럽기만 하던 망자 아이들이 어느 순간 이상해지더랬다. 넋을 빼놓은 채 늘어져 있는 날이 잦아졌고, 푸릇푸릇한 살 내음이 나지 않았다. 이름을 부르면 단번에 알아듣지 못하고 두세 번을 부르면 그제야 대답했다. 어지럽게 활개치고 다니던 괴이들이 돌연 잠잠해진 것도 수상했다. 해서 그는 칼로 아이의 여린 피부를 갈라 보았다. 당황한 아이가 재빠르게 팔을 숨겼지만 유림은 이미 알아차린 뒤였다. 망자는 죽었어도 인간이라 피가 붉었고, 괴이는 인간처럼 생겼어도 청록색 피가 돌았다. 그가 본 건 청록색이었다.

  아이 사냥 이후 유림은 안이 되었다. 태만한 최고위 관장자가 일을 떠맡기기도 했지만, 원체 아이들을 사랑했기 때문에 받아들였다. 아이들을 감시하고 보호하는 건 그가 늘 하던 일이기도 해서 어렵지 않았다. 다만 두 가지 조건을 걸었다. 첫째, 아무런 방해 없이 아이들을 지켜보고 싶으니 제 정체를 알리지 말 것. 둘째, 새로 올라온 아이들이 많아지면 우리만의 세상, 그러니까 아무도 죽지 않고 아무런 위협도 없으며 평생 아이의 모습으로 살 수 있는 곳을 만드는 걸 허가해줄 것. 평범한 망자 주제에 당돌한 게 마음에 들었는지 최고위 관장자는 잘 해보라며 대충 고개를 끄덕였다. 대신 그도 두 가지 조건을 걸었다. 첫째, 요즘 괴이 관리 하기 어렵다고 책임자가 다 도망갔으니 네가 대신 탄토 구멍에서 일 좀 해라. 둘째, 절대 괴이에게 정을 주지 않을 아이들로만 서른 명을 모아라. 조건에 또 조건을 걸다니 수지타산이 맞지 않았지만, 공과 혈의 질서를 벗어난 새로운 공간을 만들어주겠다고 한 결정이 얼마나 이례적인지 알았기에 그러겠노라 말했다.

아이를 사랑하는 이유는 많았다. 출생의 온기가 남은 몸이라서, 살 내음이 싱그러워서, 뼈가 약해 금방이라도 꺾일 것 같아서, 죽음에 무방비해서, 삶을 시작한 지 별로 되지 않아서, 그래서 삶에 대한 미련이 없어 보여서. 하지만 모든 아이들을 사랑하는 건 아니었다. 붉은 피를 잃은 아이만은 예외였다. 유림은 다미를 사랑했다. 이제 사랑하지 않게 된 것뿐이었다. 그 앤 너무 많이 변했다.

그의 언어를 습득한 아이들은 자라서 반군이 되었다. 반군이 되지 않으면 사살했다. 참으로 일관적인 사랑이라고 그는 자부했다.

○

아가, 노는 거 좋아하니?

그가 어떤 방식으로 아이를 사랑했는지 다미는 아는 게 없었다. 고개를 좌우로 힘없이 젓자 유림이 갸웃거렸다.

왜? 네 친구랑은 잘 놀았잖니.

그의 손에 끌려가던 다미의 몸은 어느새 탄토의 구멍 위에 비스듬히 걸쳐져 있었다. 비어 있는 것에는 먼지 냄새가 났다. 끈적한 침 냄새도 났다. 그 침에 녹아 버렸는지 공포감조차 느껴지지 않은 지 오래였다.

우리는 지금부터 아주 재밌는 놀이를 할 거란다.

의식 없이 움직이는 고개. 선명하다 못해 시끄러운 심장 고동 소리. 이 굉음은 영영 그치지 않을 것이다.

저—기 네 친구부터 시작해 볼까?

그의 손끝에는 사이가 있었다.

만약 네 손으로 친구를 이 아래로 굴려 떨어뜨린다면 널 새로운 보초병으로 세워줄게.

그리고 다미의 앞에는 수호자라고 불리던 이가 있었다. 아이도 어렴풋이 알고 있었을 지도 모른다. 수호자라고 해서 모두를 지켜줄 수 있는 건 아니라고. 또한 모두를 지키고 싶어 하는 것도 아니라고. 아이는 친구를 희생시키고 나서야 친구의 말을 듣지 않은 걸 후회했다.

사이야, 네 말이 맞았나 봐. 그래서 우리가 지금 여기에 함께 있는 거겠지?

맘에 ×

∞

가벼운 일에도 쉽게 열을 내는 나는 열을 잠재울 수 있는 곳으로 떠나기로 했다.

○

 3년 만에 한국 땅을 밟은 소회$_{所懷}$는 대단치 않았다. 예상했던 것보다도 더 춥다 정도. 혹한이라는 단어를 잊고 살았던 동남아 생활을 정리하고 안화는 한국 땅에 방금 막 발을 디딘 참이었다. 죽어도 하필 이런 겨울에. 그렇게 생각한 순간 갑자기 메마른 목구멍에서 기침이 쏟아졌다. 급히 생수 뚜껑을 열어 입안에 내리꽂았지만 쉬이 멈추지 않았다. 물병을 반쯤 비우고 나니 그제야 기침이 멎었다. 손바닥으로 아래 눈꺼풀에 고인 물기를 찍어 눌렀다. 잔뜩 치켜세워진 시야로 공항터미널 바깥 풍경이 들어왔다. 컴컴한 하늘에 눈이 나리고 있었다. 눈이 시렸다.

엄마가 어떻게 생겼더라? 세상을 가린 눈송이가 엄마의 얼굴 위에도 떨어진다. 기억이 나지 않으니 그 얼굴을 한 채 누워 있는 시신의 모습도 상상이 잘 가지 않았다. 흰 천을 걷었을 때 '저희 엄마가 맞는지 모르겠어요'라고 답해야 하는 우스운 상황이 찾아올 것만 같았다.

어린 날의 안화는 절연과 가출을 감행했다. 엄마의 고압적인 태도로부터 해방된 그녀는 고등학교 자퇴 후 미성년자가 할 수 있는 일이란 일은 다 하고 다니며 돈을 모았다. 자신이 원하는 대로 인생을 설계하려면 일단 돈이 필요하며, 모든 자유에는 대가가 필요하다는 것을 안화는 이른 나이에 깨우쳤다. 해서 그녀는 바지런히 모은 돈을 들고 말레이시아로 떠났다. 하루는 호프집 사장이 가게 바닥을 쓸고 있는 안화에게 물었다. 왜 하고많은 나라 중에 말레이시아냐? 그에 안화가 무심한 눈길로 뒤를 돌아보았다. 거기엔 게으른 사장이 다리를 떨며 앉아 있었다. 그의 피부는 뱀가죽처럼 터 있었다. 말끝마다 춥다는 불평을 매달며 히터 바람만 쐰 결과였다. 그녀는 그 거죽에 시선을 고정한 채 답했다. 말라리아 걸려서 죽으려고요. 말라리아라는 명칭이 말레이시아에서 비롯된 것으로 알고 있었던 사장은 그녀의 말에 입을 다문 채 팔 안쪽 살을 긁어댔다. 그 모습에 안화는 속으로 조소했다. 등신.

사실 명확한 이유 같은 건 없고, 사소한 계기 정도는 있었다. 불법흥신소에서 일을 거들 때였나. 찌라시 돌릴 때가 됐다며 실장이 안화의 손에 새빨간 배경에 녹색 글씨로 '사람찾아드립니다'가 적힌 스티커 뭉텅이를 쥐여주었다. 중국집 쿠폰보다도 떨어지는 미감을 지적하기 전에 먼저 눈에 들어왔던 건 라벨지를 한데 묶어 놓은 노란 고무줄이었다. 그걸 보니 말레이시아가 떠올랐다. 경찰서 앞 백반집에 난데없이 틀어져 있던 다큐멘터리 속 목소리가 재생됐다. 고무 생산국 3위인 말레이시아. 하지만 이곳에는 실제로 공장 말고 아름답기로 소문난 관광지도 많습니다. 아닌가. 2위라고 했던가. 여하튼 안화는 뒤이어 클로즈업된 에메랄드빛 물결을 오래도록 바라보았다.

시신 처리, 유품 처분, 재산 상속 등 여러 복잡한 일을 끝내고 나니 어느새 여름이 되어 있었다. 고속버스에 올라타는 안화의 손에는 빳빳한 재질의 통장이 들려 있었다. 계좌에 찍힌 액수를 보며 그녀는 왜 보험사기범이 나날이 느는지 알 것 같다고 생각했다. 하루 15시간씩 3년 동안 고무 공장에서 일해 번 돈보다 사망보험금이 훨씬 두둑하게 주머니를 채워주었으니까. 하지만 일확천금은 그녀가 추구하는 바가 아니었다. 그래서 그녀의 앞으로 뚝 떨어진 거금을 흥청망청 쓰는 대신 엄마의 고향인 안도安島에서 천천히, 그러나 전부 소모할 계획을 세웠다. 그게 엄마의 갸륵한 마음을 알아주는 시늉이라도 할 수 있는 방법이라 생각해서였다. 엄마를 원망하느냐고 묻는다면 그건 또 아니었다. 정말 원망했더라면 발송인 불명의 우편을 보내 생사를 알려 주지도 않았겠지.

엄마의 나이 향년 마흔아홉이었다. 타고나길 요절할 집안이라고 했다. 그런 것치곤 엄마는 꽤 오래 산 편에 속했다. 정확한 출처도 근거도 모르는 저주였다. 하지만 안화는 동의했다. 테러 피해로, 심장마비로, 교통사고로, 수재로, 집안사람들은 모두 예상치 못한 사고로 일찍 명을 달리했다. 그래서 안화가 어렸을 때 깨우친 또 다른 깨달음은 '나는 늙어 죽을 일은 없겠구나'였다. 의도하지 않았지만 안화는 꽤 많은 깨달음을 속에 품고 있었다. 그중에서도 단단히 뿌리 박힌 교훈은 삶을 향한 열망은 불확실한 미래에 전혀 도움이 되지 않는다는 것이었다. 이렇게 처음부터 단명에 순응코자 한 안화와 달리 엄마는 희망의 끈에 매달려 사는 사람이었다. 더이상 가족을 늘려 봤자 소중한 보물만 또 신에게 내놓는 꼴이라며 미혼모가 된 선택은 존중하나, 가족을 잃고 싶지 않은 마음이 진심이었다면 아이를 낳지 말았어야 하는 게 아닌가 하는 의문이 있었다. 그렇다면 나는 잃어도 상관없는 존재인가. 숙명을 뒤집었다는 증거로만 쓰이면 그만인 존재인 걸까. 안화는 그녀의 출생에 관해 종종 생각했다. 하지만 명확하게 내려지는 결론은 없었다. 이미 끊어낸 관계에 미련을 가지고 싶지 않아 고된 노동에 더욱 집중했다. 그러다 불쑥 전하고 싶은 메시지가 마음을 종이 삼아 쓰였다. 지울 수도 없게.

나는 숙명을 뒤집지 못했다는 증거로 살다가 갈래. 당신이 원했던 바와 정반대로.

하지만 말을 전할 기회는 이제 영영 오지 않을 것이다.

안화는 바다가 보이기 시작하는 차창 너머를 물끄러미 바라보며 결말을 고심했다. 염기를 맞으며 염해질 미래를 상상하니 가라앉아 있던 기분이 차츰 나아졌다. 버스가 방지턱에 걸려 덜컹거렸다. 몸이 덩달아 흔들거렸다. 꼭 배 위에 있는 것 같았다.

∞

강한 힘에 떠밀려 앞으로 나아간다. 출항을 알리는 배에서 돛을 펼치는 것처럼 바람을 잔뜩 머금어 팽팽하게 부풀어 오르는 소리가 들린다. 하지만 소리는 금세 사그라든다. 어느새 주변은 쥐죽은 듯 조용하다.

나는 누구지? 어디로 가고 있는 거지?

배인지 등인지 모를 부위에 온전히 와닿는 차갑고 부드러운 감촉, 이따금 밀려오는 거센 파동, 텅 빈 폐부 안으로 스미는 염수. 한 가지 분명한 건 내가 바다 위를 떠다니고 있다는 것. 흘러가고 있다는 것. 나를 포근히 감싸 주곤 사라져 버린 포말을 몸으로 더듬으며 그의 최후를 위로한다. 뒤이어 찾아오는 건 나를 고립시키는 격랑. 바다의 분신과 다름없는 파도는 앞으로 펼쳐질 나의 여정에서 가장 오랜 동행이 될 거라는 예감이 든다. 그런 예감이 드니 사납다고 생각한 파도는 더없이 온화한 존재로 탈바꿈한다. 그가 나에게 손을 내민다. 나는 소리 없이 웃는다.

목적지는 모른다. 하지만 아직 도달하려면 멀었다. 바다의 끝, 극단, 낭떠러지 어디에 다다르더라도 지금부터 불안해 하기엔 이르다.

일단 안심하자. 그리고 이 흔들림에 몸을 맡기자.

○

안화는 팔에 코를 박고 킁킁거렸다. 비린내로 절여진 몸뚱어리는 천사채 위에 누워 당장 테이블로 나가도 손색이 없었다. 생선 먹은 물이 고인 바닥 위를 바쁘게 뛰어다니다 보면 하루가 훌쩍 지나 있었다. 일을 막 시작했을 때는 식당에서 나오자마자 입을 틀어막고 공중 화장실로 달려가는 게 일상이었다. 나무 도마 위에서 내장을 쏟아내던 민어처럼 그녀도 몸 안에 쌓여 있던 토기를 전부 뱉어냈다. 고무 탄내와는 다른 죽음의 냄새 때문에 한동안은 물고기랑 눈도 맞추지 못했다. 이제는 무던해져도 너무 무던해졌지만. 물 냄새라면 지긋지긋했다. 안화는 더이상 바다의 염기에 절여질 날만을 고대하는 두 달 전의 그녀가 아니었다.

고작 두 달. 절망 섞인 숨소리가 바닥을 축축하게 적셨다. 칼로 옆구리를 찔린 사람처럼 시간은 상처를 부여잡은 채 더딘 속도로 전진했다. 정신을 잃고 쓰러질 법도 한데 그는 끈질기게 앞으로 나아간다. 안화의 속에서 후회하는 마음이 움텄다. 여기 도착했을 때 바로 돈을 써 버릴 걸 그랬나.

보험금을 쓸 엄두가 나지 않아 전셋방을 구하는 데 사용한 뒤론 옷장 구석에 처박아 두었다. 아직 죽지 않은 숨결에서 느껴지는 불쾌한 기척을 외면하고 싶기도 했다. 주저 없이 건네준 건 당신인데, 왜 애먼 사람이 부담감을 떠안고 있는지 모를 일이었다. 그 부담감을 떨쳐내려는 시도를 안 해본 건 아니었다. 쇼핑이나 원 없이 하려고 인터넷 쇼핑몰에 들어갔지만 '내 주제에 무슨 사치냐' 하는 자조에 굴복하여 결국 침대에 드러누운 적이 여러 번이었다. 돈도 써 본 사람이 잘 쓴다는데 그럼 돈 쓰는 버릇을 들이지 않은 사람은 계속 가난하게 살아야 하는 걸까. 몸이 약하게 태어난 사람은 평생 약골로 살다가 사라져야 하는 걸까. 그런 결말을 원하고 태어난 사람은 없을 텐데.

결국 안화는 한 발짝 도망가는 결론을 내렸다. 나중에. 나중에 정말 중요한 일이 생기면 그때 쓰자. 남보다 못한 이가 연명해 준 생명줄을 붙잡고 살 만큼 아직은 절박하지 않았다. 제 속도대로 어련히 잘 타들어 가고 있을 생명줄을 구태여 불구덩이에 처박을 필요까진 없었다.

이후로 드는 생활비는 말레이시아에 나가 있을 때 벌었던 돈으로 해결했다. 하지만 저렴했던 삶의 대금은 금세 동이 났다. 안도시에 정착한 지 2달 만에 그녀는 다시 일터로 나가야 했다. 생선을 씻고 머리를 따고 몸통을 가르는 기계 같은 일과가 반복되었다. 오늘은 비늘을 벗겼다.

안화는 고개를 들어 방파제 너머 번쩍거리는 빛의 도시를 바라보았다. 바다가 아름답다는 입소문을 타 관광지로 거듭난 곳이었다. 아주 어린 시절 엄마가 들려주었던 고향의 모습과는 전혀 다른 모습이었다. 안도는 푸른 바다를 중심으로 양쪽에 도로를 낸 섬도시였다. 서쪽에는 항구와 번화가가, 동쪽에는 원룸이나 단독주택을 포함한 주거촌이 있었다. 기능에 따라 철저히 구획을 해서인지 작위적일 만큼 완벽하게 만들어진 유(U)자 지형이 특징이었다. 그래서 유섬이라 불리기도 했다. 다리 하나만 건너면 두 곳을 자유롭게 이동할 수 있었지만 사람들은 늘 번화가에만 머물렀다. 어찌 보면 당연했다.

이쪽의 상태는 사람들이 지내기엔 영 좋지 못했다. 버스를 타려면 20분은 걸어야 했고 편의점이나 마트도 그 근처에 겨우 두어 군데 있었다. 가로등은 하루가 멀다 하고 꺼지기 일쑤였다. 그러니 누가 휘황찬란한 도심을 두고 이런 마을을 구경 오겠는가. 지역 주민보다 관광객을 먼저 생각하는 시의 행태가 괘씸하다는 목소리가 허구한 날 들려왔지만 그건 단지 토박이들의 의견이지, 이방인 같은 안화의 생각과 들어맞는 건 아니었다. 소란은 딱 질색일뿐더러 잠시 머무르다 떠날 거주지로썬 이곳이 적합했다.

하지만 같은 시각에 퇴근하여 같은 속도로 집에 가는 일상을 견디다 못한 안화의 뇌는 새로운 생각이라도 할 것을 요구했다. 제발 머릿속으로나마 변주를 주라고. 그 기대에 부응하려는 건지 아니면 그녀도 마침 따분함을 느끼고 있었는지 모르겠지만, 평소에는 아무렇지도 않게 지나갔던 도시의 불빛들이 오늘따라 다르게 비쳐 보였다. 인위적으로 밝힌 불빛도 저리 오래 가는데 그녀는 무엇을 위해 스스로를 꺼뜨렸는가.

결심과 동시에 발걸음을 돌려 시멘트로 대충 만든 듯한 층계를 내려갔다. 질퍽한 모래에 발을 딛자마자 안화는 주춤했다. 머리카락처럼 얽혀 있는 해초가 꼭 귀신의 머리처럼 보였다. 곳곳에 깨진 조개 조각까지 더해지니 음산한 분위기가 물씬 났다. 그 분위기에 놀랐으나, 예상한 모습과 크게 다르지 않아 적응하는 데 그리 오랜 시간이 걸리진 않았다. 사실 그녀는 예전부터 이 지저분한 바다를 사랑스레 여기고 있었다. 고요한 존재들의 집결지라는 이유에서였다. 방 안에 누워 파도가 모래가 씻기는 소리를 듣고 있으면 어느샌가 잠에 빠지곤 했다. 평안한 수면 다음에는 말레이시아에서 보았던 푸르른 바다가 꼭 꿈에 나왔다. 그러다 눈을 뜨면 모래를 밟으러 가고 싶다는 강렬한 충동에 사로잡혔다. 하지만 피곤한 몸뚱어리를 핑계로 미뤄 왔었다.

지저분한 해변, 민가에 위치한 바다, 위협적인 급류는 이곳을 보러 오는 사람이 없는 이유였다. 태풍철이 되면 유독 파도가 높아져 둑 위로 넘친 적도 왕왕 있었다. 사람들은 그런 얄팍한 위험에 지레 겁을 먹고 바다로부터 도망가기 일쑤였다. 사람들이 떠난 자리는 안화의 차지가 되었다.

깨끗하고 맑은 바다였다면 이런 고요함을 즐길 수 없었으리라. 오히려 눈 아픈 플래시와 알코올에 젖은 고성, 씹다 버린 껌 따위의 자잘한 쓰레기들이 발치에 나뒹구는 혼잡함만이 두 눈 가득 채워졌을 것이다. 그럼 어느덧 눈동자에는 구정물이 들어차, 건조한 눈을 깜박이면 검은색 눈물이 흘러나왔을지도 모르지. 누군가의 머릿속에서 사무치던 아득한 바다는 구덩이에 고인 채로 한껏 움츠러들었다. 과거의 위상은 바다보다 더 깊은 수심을 가진 이의 따뜻한 심장에만 남게 되었다. 이젠 그 심장마저 열기를 잃었으니 그 대단한 영예는 망상으로 취급되고 말 것이다. 안화는 엄마를 불쌍히 여기게 되었다. 당신이 나고 자란 고향은 이제 고향이라 부를 만큼의 정겨움이 남지 않았어. 순 인위적이기만 한 도시를 마음의 안식처라 부를 수 있어?

수분을 잔뜩 머금은 모래가 자꾸만 발을 아래로 끌어당겼다. 눅눅한 손길을 뿌리치고 한 걸음 내딛을 때마다 돌 알갱이가 부서지며 불꽃처럼 튀어 올랐다. 앉을 만한 곳을 찾아 두리번거렸지만 앞이 어두워 무의미했다. 결국 포기하고 아무 데나 주저앉으니 엉덩이 부분이 금세 축축하게 젖었다. 안화는 바람막이 주머니를 뒤져 라이터와 담뱃갑을 꺼냈다.

그때 아주 세찬 바람이 불어왔다. 그녀는 물건을 놓치지 않기 위해 손아귀에 잔뜩 힘을 주어야 했다. 자신의 강한 존재감을 확신하는 듯한 돌풍이 흐려진 시야 안으로 몸을 들이밀었다. 사위에 내려앉은 어둠이 일순 걷힌 것 같은 착각이 들었다. 착각임을 인지한 건 그것이 목덜미와 어깨를 스쳐 지나가며 전신에 냉기를 남긴 뒤였다. 안화는 괜스레 양어깨를 손으로 털어 추위를 떨쳐냈다. 그럼에도 움츠러든 어깨가 쉽게 펴지지 않았다. 덜덜 떨리는 손으로 라이터를 달칵거렸다. 겨우 불이 붙은 심지는 희게 질린 입술이 아닌 그녀의 손가락과 함께 모래 위로 하강했다.

심지가 중지와 검지 사이에 끼워진 채 조용히, 그러나 빠른 속도로 줄어갔다. 안화는 무릎을 모아 세우곤 그 위로 팔을 걸쳤다. 재가 천사처럼 추락하는 모습을 구경하다가 눈을 감았다. 손끝에 열감이 느껴질 때까지. 미동도 없이.

몸이 뜨겁다. 불개미같이 생긴 빛이 떼로 몰려와 몸 구석구석에 구멍을 낸다.

아니. 뜨거웠고, 구멍을 냈었다.

서서히 눈꺼풀을 들어 올렸다. 어딘가 몽롱한 기분이었다. 시간 소각하기. 태워 만들어낸 시간의 변주. *남은 시간은 얼마?* 신발 밑창에 깔린 궐련은 말이 없다.

자리를 털고 일어나자 빈혈 때문에 몸이 휘청인다. 불은 꺼진 지 오래인데 계속 탄내가 났다. 머나먼 이국땅에서 얻었던 그을음이 아직도 몸 구석구석 붙어 있는 것처럼. 안화는 집으로 돌아가면서도 몇 번씩 뒤를 돌아보았다. 뭐든지 씻어낼 것 같은 바람과 파도에 몸을 맡기고 싶어지는 충동이 들어서였다. 하지만 온 힘을 다해 참아냈다. 아직은 때가 아니야. 스스로 몇 번이고 되뇌며.

∞

정말 볼품없구나.

며칠 밤을 지새워 가물거리는 시야로 날갯짓을 하고 있는 하얀 새가 보인다. 나는 그에게 묻는다. 내가 어떻게 생겼는데? 새가 나를 물끄러미 쳐다본다. 나는 더욱 절박해져서 그

에게 매달리다시피 되묻는다. 제발 알려 줘, 난 이대로 아무 것도 모른 채 흘러가고만 싶지 않아. 그러자 새가 비웃는다.

벌써 불안해 하는 거야? 이 아이들의 품에 너를 맡기겠다고 한 지 그리 오랜 시간이 지나지 않았어.

그렇지만.

왜? 운명을 받아들이기 싫어졌어?

새의 날갯짓이 더욱 거세지고 노란 홍채가 날카롭게 빛난다. 그가 내게 더 가까이 내려온다. 도망가고 싶지만 움직일 수 없다. 꼼짝없이 그를 직면한다. 얼굴 위로 물에 젖은 깃털이 떨어진다. 차갑고 무겁다.

네가 어떻게 생겼냐고? 윤기라곤 진혀 없지. 부자연스러울 만큼.

새는 그렇게 말하며 저 멀리 날아간다.

이번에는 수면 아래에서 흰 물고기가 올라온다. 입으로 등을 콕콕 쑤시며 황홀한 목소리로 말한다.

저 너절한 꼴 좀 봐.

나는 그에게 부탁한다. 날 묘사해 줘. 난 누구야?

그러자 흰 물고기가 코웃음 친다.

혼탁한 걸 묘사해 봤자 나만 불순해지지.

흰 물고기는 다시 물 아래로 사라져 버린다.

그렇구나. 나는 윤기 없고 혼탁하구나. 조금이나마 알 수 있어 기쁘다는 감정이 든다. 바다가 뒤집혀야만 내 모습을 볼

수 있는 나로선 알기 어려운 것들이기에.

비가 오려나 보다. 먹구름이 드리워진다. 어디선가 본 듯한 연기를 닮았다.

○

청선은 모래를 밟으며 공터로 갔다. 정확히는 보육원의 터가 남아 있는 곳이었다. 구구단을 다 외웠다고 자랑하던 아이들은 이제 뿔뿔이 흩어지고 없었다.

내려앉은 지붕 사이를 바지런히 움직이고 있는 거미가 보였다. 거미는 누군가의 재난이 지나간 자리에 쉽게 들어와 살고 있었다. 청선은 땅에 떨어져 있는 돌 하나를 주워 들었다. 허나 감정이 실린 투포환은 패배의 빠른 지름길. 거미를 향해 던진 돌은 어이없을 정도로 높이 올라가는 바람에 거미줄 한 가닥도 스치지 못했다. 대신 허탈한 웃음이 줄 끝을 살짝 건드려 대롱거렸다.

처음은 타의에 의해서였다. 교대생이었던 형은 아이들 수학을 봐줄 자리가 빈다며 그를 억지로 봉사활동에 끌고 갔다. 중간고사가 코앞이라고 말해도 들은 척하지 않았다. 어차피 봉사 시간은 채워야 하는 거 아니냐며, 되레 뭐가 문제냐는 듯 등을 때리는 형의 손길에 억지로 따라나섰다. 그렇게 해서 처음 마주하게 된 아이들은, 떨떠름한 표정으로 열고 들어간 문을 똑같이 떨떠름한 표정으로 열고 나오게 만든 장난꾸러기들이었다. 공부하자는 말을 곧이곧대로 따르길 기대한 건 아니었다. 애들이 으레 그렇듯 처음에만 잘 달래주면 되겠지 하는 안일함이 청선의 체력을 반쯤 깎아 먹은 원인이 되었다. 결국 그는 펜도 잡지 못하고 애들의 공놀이 상대가 되어 주어야 했다. 피곤에 전 얼굴로 버스 좌석에 앉자 형이 끝내 참지 못하고 웃음을 터뜨렸다.

애들한텐 너처럼 고지식하게 가르쳐 주려고 하면 안 먹혀.

고지식하다는 말에 청선은 발끈했다. 우린 어렸을 때 이렇게 공부했잖아. 책상에 앉으면 펜 잡고 공부 시작하는 거지, 대체 왜 상을 엎냐고. 어느새 웃음을 그친 형은 혀를 차며 핀잔을 줬다. 누가 의사 아들 아니랄까 봐 융통성이라곤 눈곱만큼도 없지. 지는. 의사 아들 아닌가? 집으로 돌아가는 내내 투닥거림이 이어졌다. 그는 다시는 보육원에 가지 않겠다고 다짐했다. 하지만 형의 말대로 청선이 고지식한 사람이었기 때문일까. 오기를 외면하지 못하고 나중에는 형보다 먼저 나가 그를 기다리고 있기까지 했다. 입시 준비 시기를 제외하면 2년 꼬박 아이들을 만나러 간 셈이었다.

그러나 의대에 진학한 이후로는 자연히 발걸음이 끊겼다. 정신 없는 나날을 보내기 바빴다. 임용고시에 합격한 형은 보육원이 있는 안도시에 지원을 넣었고, 원했던 대로 안도초등

학교로 발령을 받아 집에서 나갔다. 청선은 삭막한 본가에 홀로 남겨졌다. 형에게 특별한 유대감이 있던 건 아니었지만, 의지할 구석이 사라졌다는 생각에 잠시 우울해진 적도 있었다. 어쩌면 다른 이유가 있었을지도 모르지만. 그럴 때마다 청선은 당장 눈앞에 닥친 책임과 의무에 더욱 몰두했다. 자기보다는 훨씬 융통성 있는 사람이니 형을 걱정하는 건 괜한 일이라고 생각하며. 이따금 천진한 아이들이 떠오르곤 했지만 가끔씩 형이 전해주는 안부에 마음을 놓으며 지내고 있었다.

어느덧 땅거미가 지고 있었다. 저무는 시간은 왜 이리도 일찍 찾아오는지. 청선은 휴대폰 불빛으로 길을 비춰 가며 마을로 내려왔다. 어귀에 다다르자 친숙한 어둠과 파도치는 소리가 그를 반겼다. 멀리서는 고성이 메아리쳤다. 저 너머로 가고 싶다는 생각이 여태 들지 않았다. 사람들이 형의 죽음을 보고 깔깔거리며 사진을 찍는 것이라 꼴사납게 착각할 것 같았기 때문이다. 형을 삼킨 바다 따위를 웃으며 보고 있을 사람들을 보고 싶지 않았다.

부고는 갑작스럽게 들려왔다. 바닷물에 퉁퉁 부은 시체가 발견되었다고. 신원 확인 결과 백청해 씨, 그러니까 당신의 형이라고. 나쁜 소식은 태풍 같았다. 빠른 속도로 치고 들어와 영향권을 휩쓸곤 유유히 사라졌다. 엄마, 형이 죽었대. 엄마는 청선이 박차고 나온 방문을 곁눈질만 할 뿐 놀라지 않았다. 대신 여상한 목소리로 말했다. 들어가서 학술대회나 마저 준비하렴. 그 순간 청선은 깨달았다. 지금까지 나는 사람의 거죽을 한, 고상한 흉물에게 키워지고 있었구나.

그길로 학교를 자퇴했다. 주변 사람들 모두가 만류했지만 그의 결심은 확고했다. 짐을 싸 안도로 내려가려던 참에 부모가 급하게 현관문을 열고 들어왔다. 고분고분한 아들을 잃고 싶지 않은 마음이었는지 그들은 질긴 손길로 그를 붙잡았다.

연 끊겠다고 제 발로 나간 자식 새끼 죽은 것까지 내가 알아야 하니?

설득이 통하지 않을 것 같았는지 엄마는 끝내 뱉어서는 안 될 말을 했다. 아빠는 멀리서 팔짱을 낀 채 지켜보고만 있었다. 버스터미널에 도착해서도 그 광경이 머릿속을 떠나지 않아 청선은 지저분한 변기를 붙잡고 신물을 게워내야 했다.

그리고 아무 일도 없었다는 듯 무덤덤한 표정으로 형의 빈소를 지켰다. 장례식에는 주로 형의 학교 사람들이 찾아왔다. 이따금 침통한 표정을 지은 아이들이 부모님의 손을 잡고 들어오기도 했다. 청선은 형이 남긴 온정을 멍하니 바라보았다. 그러던 중 갑자기 형사들이 찾아와 이것저것 묻기 시작했다. 별 건 아니고요, 그렇게 운을 떼더니 평소 형이 우울증을 앓고 있었는지, 부모님과 사이가 좋지 않은지, 최근 수상한 낌새를 느낀 적은 없는지 급작스러운 질문들이 폭격처럼 이어졌다. 어떻게 대꾸했는지 기억이 나지 않았다. 형이 선택한 결말만이 뇌중에 강하게 남았다. 언덕에 있는 보육원 애 둘이

장난을 치다가 한 명이 바다에 빠졌는데, 하필 파도가 높고 비까지 퍼부었던 날이라 주위 사람들이 발만 동동 구르고 있었다고. 그런데 어떤 남자 하나가 말릴 틈도 없이 물에 뛰어들었다고. 다행히 애는 건져 올렸는데 남자는 감쪽같이 사라지고 없었다고. 근데 애가 그러데? 자기가 육지에 올라올 때까지 계속 지켜보고 있었다고. 왠지 슬퍼 보였다고.

그제야 청선의 침통한 얼굴을 발견한 형사가 워낙 경황이 없어 아이가 헛것을 봤을 거라고 둘러댔다. 하지만 청선은 단번에 알 수 있었다. 나올 수 있었는데 그러지 않았구나. 형의 죽음을 받아들인 그날, 청선은 아주 많이 울었다.

형의 유해는 산에 뿌려 주었다. 형을 잡아먹은 바다에 대한 응어리가 쉽게 풀어질 것 같지 않아서 보육원 근처의 풀숲에 내리게 해주었다. 끝까지 아이만은 지키고 싶어 했던 형이라면 기쁘게 웃어줄 것 같기도 했다.

모든 일이 마무리되고 청선은 무연해졌다. 길을 잃어 무얼 해야 할지도 몰랐다. 일단은 형의 집에 조금 더 머물렀다가 낯선 곳으로 떠나야겠다는 막연한 계획만 있을 뿐이었다.

청선은 해초가 늘어져 있는 모래사장을 지나 집안으로 들어왔다. 시끄럽게 울어대던 파도 소리가 귓가에서 웅웅댔다. 신발을 벗으며 문득 어떤 의문이 들었다.

형은 바다에 있는 걸까, 산에 있는 걸까?

○

　형의 집에 들어온 지는 이제 막 6개월을 넘겼다. 청선의 통장에는 자퇴 직전까지 부모가 넣어 주었던 백만 원 단위의 용돈이 들어 있었다. 부모와 절연했어도 청선은 그 돈을 쓰는 데 거부감이 없었다. 이 돈을 모두 소모하고 나면 그때부터 비로소 독립이 시작될 거라는 믿음 때문이었다. 하루빨리 독립하기 위해선 사치를 일삼는 게 맞지만, 그가 그럴 성격도 안될 뿐더러 이곳에서 돈을 낭비하는 것도 쉽지 않았다. 매일 술을 사 마시고 싶어도 인근에 가게가 없었다. 그렇다고 사람들이 드글거리는 중심가로 나가고 싶은 생각이 들지 않았다. 유일한 방도는 속히 여행을 떠나는 건데, 아직 아무것도 나아진 게 없어 제자리에 머물고만 싶은 무력감 때문에 낮잠만 줄창 자고 있었다.

　그나마 취미라 부를 수 있는 건 산책—포장지를 한 꺼풀 벗겨낸 용어로는 방황—정도였다. 아침 일찍 일어나 밥을 챙겨 먹고 다시 내킬 때까지 잠을 잔다. 해가 중천에 뜬 지 한참 되었을 즈음 일어나 외출 준비를 한다. 요사스러운 바다를 지나 언덕까지 올라간다. 지붕과 천장 사이에 여전히 거미가 기어 다니고 있는지, 풀숲에 떨어진 쓰레기는 없는지 확인한다. 그러곤 낮은 단에 걸터앉아 해가 질 때까지 멍을 때린다. 다시 냄새나는 바다를 지나 집에 들어가면 하루가 끝난다.

하지만 어느 날의 청선은 갑자기 다른 생각이 들었다. 전날 밤 꾼 꿈의 영향인지, 오늘 아침에는 이상하게 파도 소리가 귀를 후벼파지 않았던 것도 같다. 그래서 문득 어떤 다짐이 마음속에 떠올랐다.

바다에 가 볼까.

바다에 가 보자.

층계 앞에 무성히 자라난 잡초를 마저 뽑아내고는 언덕을 내려갔다. 사람 하나 없는 모래사장은 사막처럼 황량하게 느껴졌다. 이곳의 모래는 항상 말단까지 젖어 있었다. 근래 비가 내린 적도 없는데. 물에게 번식력이 있었다면 지구 전체를 뒤덮고도 남겠다는 쓸데없는 상상 따위를 하며 그는 계속 앞으로 걸었다. 그러다가 시야 끝에 까맣고 흰 물체가 걸렸다.

가까이 다가가니 수북이 쌓여 있는 꽁초와 입을 벌리고 있는 담뱃갑이 보였다. 안에는 태우지 않은 새 담배가 두어 개 남아 있었다. 여기서 사람의 흔적을 처음 봐서 신기한 마음이 반, 몰상식한 행태에 마뜩잖은 마음이 반이었다. 무릎을 접어 두 손 가득 꽁초를 모아들자 모래 섞인 잿가루가 우르르 쏟아졌다. 그는 갑 안에 쓰레기를 전부 털어 넣었다. 남아 있던 담배가 더러워졌지만 그가 신경 쓸 일은 아니었다. 그러게 누가 그냥 가라고 했나. 청선의 입술이 앞으로 튀어 나왔다. 그러면서도 간이 쓰레기통을 잘 봉해 주머니 속에 넣었다.

역시 괜히 왔다는 후회가 밀려들었다. 떼를 지어 뛰어다니는 아이들은 시끄럽긴 해도 귀여웠는데, 저 표정도 눈물도 없는 바다는 귀청 찢는 소리만 낼 뿐이었다. 게다가 물 내음은 여전히 피 냄새와 분간이 안 될 정도로 비려 머릿속을 아찔하게 뒤흔들었다. 집으로 돌아가서 다시 잠이나 자야지, 그렇게 생각했건만 정신 차리고 보니 벌써 달이 떠 있었다.

청선은 발목에서 시큰한 고통이 느껴지고 나서야 방향을 틀었다. 도보로 올라가려는데 남색 스니커즈가 불쑥 시야에 들어왔다. 고개를 드니 작게 놀라며 뒤로 물러나는 인영이 보였다. 그 움직임에 미약한 바람 한 줄기가 불어왔다. 실내 특유의 훈기와 생선 잡내가 뒤섞여 답답한 냄새가 났다. 특별할 것 하나 없는 평범한 냄새였지만, 청선의 머리 위로 자가운 물을 끼얹은 듯한 감각이 곤두섰다.

그가 비켜서지 않자 의문의 인영이 몸을 모로 세워 그의 앞을 아슬아슬하게 스쳐 지나갔다. 해풍에 나부끼던 머리카락 끝이 어둠 속에서 퍼렇게 반짝였다. 동시에 건너편 노란 등불 하나가 꺼졌다. 자그마한 체구가 내딛는 걸음이 위태로워 보였다.

위협의 냄새. 청선이 그 사람에게서 감지한 냄새에 이름을 붙이자면 그랬다. 그리고 그건 죽은 형의 집에 처음 들어섰을 때 맡았던 것과 같았다.

손바닥 주름 사이사이로 땀이 배어 나왔다. 무의식적으로 닦을 것을 찾아 주머니 안에서 손을 움직이니 무언가 잡혔다.

담뱃갑이 사정없이 구겨지며 손가락에 기분 나쁜 감촉이 느껴졌다. 불에 덴 것처럼 놀라 주머니에서 손을 뺐다.

까맣게 물든 손끝을 내려다보던 청선은 이내 어디론가 급히 달려갔다.

○

어느 늦은 밤, 웬 남녀가 거친 물살을 헤치고 물 가운데 서 있었다. 멀리서 보면 동반자살이라도 하려는 모양새였다. 하지만 보이는 것과는 전혀 달랐다.

안화는 화염에 휩싸인 듯한 열감을 식히기 위해, 그리고 청선은 자살 방조죄를 저지르지 않기 위해 바다에 뛰어든 것뿐이었다. 바닷물이 안화의 허리까지 찼을 때, 어깨를 붙잡는 강한 악력이 있었다. 악력의 주인이 축축한 목소리를 쥐어짰다. 죽지 마세요. 음성은 물방울로 변형되어 피부로 낙하한다. 흠뻑 젖은 손바닥이 안화의 어깨 위에 둥그스름한 자국을 남긴다. 서로를 향한 어떠한 말도 없이 숨소리만 이어지던 그때 등불이 다시 노랗게 몸을 밝혔다. 파란$_{波瀾}$에 잠겨 있던 청선의 얼굴이 서서히 드러났다. 안화는 그의 콧등과 뺨을 타고 떨어지는 물방울을 보며 참 처연하게도 운다는 생각을 했다. 그 틈에 더 또렷해진 목소리가 들려 왔다.

흐물텅

죽지 마세요.

그에 안화가 무심하게 대꾸했다.

안 죽어요.

그러나 어깻죽지에 들이는 힘이 더욱 거세졌고, 옅은 통증까지 느껴졌다. 안화는 그의 손을 쳐내려다가 불안정하게 흔들리는 걸 보고는 그대로 두었다. 저기요, 불러 봤지만 그는 듣지 못하고 같은 말만 반복하고 있었다.

신경질적인 한숨을 뱉은 안화는 그의 볼을 가볍게 치며 눈을 맞췄다. 팔자에도 없던 애 달래기나 하고 있으니 뭘 하고 있나 싶었다. 번듯한 성인 남성을 애라고 부르는 게 맞는지도 모르겠지만.

진짜 죽을 거였으면 지금처럼 혓바닥이 길었겠어요?

매정하리만치 고저가 느껴지지 않는 목소리였지만 오히려 그런 냉랭함이 청선을 차츰 깨우고 있었다.

그러니까, 좀 놔 봐요.

놓으라는 게 그쪽 목숨은 아니죠?

그제야 패닉에서 빠져나온 청선이 힘없이 팔을 내렸다. 그러면서도 완전히 의심을 거두지는 못한 듯 어둠 속에서도 그의 눈동자가 바삐 움직였다. 그녀가 정말 멀쩡한지 확인하려는 것이었다. 다행히 그녀에게 다른 의도는 느껴지지 않아 안도했다.

아무리 여름이라 해도 밤바다의 수온은 낮은 편이었다. 젖은 천에 스미는 냉기에 그는 전신을 부르르 떨었다. 젖은 손으로 얼굴을 쓸어내리니 짜고 찬 기운에 현실 감각이 돌아온 기분이었다. 너무 유난이었나 수치심이 들었다가도 울컥 억울함이 치밀었다. 아니, 착각할 법도 하지. 이렇게 늦은 시각에 바다에 뛰어들 이유가 도대체 뭐가 있는데? 다른 사람이 봤어도 분명 투신 현장이라 생각해 저와 똑같이 행동했을 게 분명했다. 청선은 여자를 문책하고자 고개를 내렸다가 다시 굳어 버리고 말았다. 이번에는 조금 다른 이유 때문이었다.

그의 턱 끝에 매달려 있던 물방울이 안화의 머리칼로 옮겨 갔다. 칠흑의 궤도를 따라 천천히 미끄러진 그것은 달빛에 반사되어 청해$_{青海}$를 머금고 있었다. 아슬아슬한 중력 싸움을 지켜보던 청선은 그것이 추락하기 직전에 잽싸게 손을 뻗어 잡아챘다. 하지만 결국 거품 꺼지듯 허무하게 없어지고 만다. 어색한 눈맞춤이 이어졌고, 그의 얼굴은 붉어졌다.

얼마나 더 있다 나갈 거예요?

부끄러움을 숨기기 위해 내뱉은 물음은 오히려 그를 더 부끄럽게 만들었다. 위험하게 여기서 뭘 하고 있었던 거냐고, 같이 나가자는 말은 혀 위에서 녹아 없어졌다. 안절부절해 하던 청선은 괜히 뒷덜미를 쓸며 구차하게 말을 덧붙였다.

감기 걸릴 것 같은데.

기어들어 가는 듯한 목소리와 머쓱해 하는 몸짓에 결국 안화에게서 웃음이 비죽 새어 나왔다. 아주 작은 소리였지만,

파도 소리에 묻혀 사라지기 전에 청선은 기민하게 들을 수 있었다. 옥구슬 떨어지는 소리는 들어 본 적도 없는데 왠지 어떤 소리인지 알 것도 같았다. 옛사람들이 비유는 참 기가 막히게 했구나, 그런 우스운 생각에 그에게서도 작은 미소가 비어져 나왔다. 처절하고 매캐했던 위협의 냄새는 소금기에 푹 절여져 흐물거렸다.

잔뜩 쪼그라들었던 긴장감은 지상에 발을 딛고서야 이완을 시작했다. 물을 횡단하는 내내 몸에 힘을 주고 있던 청선은 파도가 올라오지 않는 지점에 도착하자마자 주저앉았다. 물기를 가볍게 털어낸 안화도 그의 옆에 자리를 잡았다. 둘 모두 본인이 물에 빠진 생쥐 꼴임을 알고 있었기 때문에 서로를 보지 않기 위해 안간힘을 써야 했다. 그랬다간 겨우 그친 웃음이 또 터져 나올 것 같았기 때문에. 젖은 옷이 마르기 시작하며 몸이 으슬으슬 떨려 왔지만 누구도 춥다고 먼저 일어나지 않았다. 둘은 자연 건조의 힘을 굳게 믿는 셈 치기로 했다. 말도 안 되는 핑계였지만 비난할 사람은 없었다. 이곳엔 그들뿐이었다.

무언가 떠오른 듯 청선이 주머니를 뒤적였다. 그 안에서 나온 건 물에 녹아 스러진 종잇조각이었다. 그의 동공에 황망한 기색이 들어찼다. 그러자 의아해하는 눈빛이 그의 손바닥 위로 와닿는다. 변명하듯 목소리가 땅을 파고 들어갔다.

그쪽 담배였던 거예요.

안화는 그게 왜 거기 있느냐는 타박 하나 없이 축 늘어진 담뱃갑을 가져갔다. 그러곤 짙은 얼룩이 생긴 끝을 잡고 꺼냈다. 다행히 바닥까지 젖은 건 아니었는지 일자로 곧게 나온 모양을 보며 청선의 얼굴에 남모르게 화색이 돌았다. 달각거리는 소리가 몇 번 들리더니 이내 불꽃이 점화된다. 손끝에서 탄생한 연기가 새카만 허공 위로 올라가 흩어졌다. 호기심 어린 시선이 얼굴로 와 꽂히자 안화가 물었다.

왜, 이건 궁금해요? 저기 들어간 건 더 안 묻더니.

그녀의 손가락이 검푸른 물을 가리켰다. 청선은 머뭇거리다가 겨우 용기 내 물었다.

그래도 돼요?

안될 게 뭐 있어요.

용감하지 않으면 할 수 없는 일이 있다. 청선에겐 어떤 사람을 알고 싶다고 다짐하는 게 그랬다. 가장 잘 알고 있다고 자부했던 사람이 가장 몰랐던 사람으로 변해 있는 기분은 매우 비참했기에. 하지만 때때로 신념을 흐리게 만드는 존재가 나타나기도 한다. 절벽 위에 선 사람의 결말은 정해져 있다지만, 그래도 그는 그 사람을 소리쳐 부르고 싶었다. 그를 돌아보는 그 사람의 얼굴이 보고 싶었다. 단 한 번이라도.

시끄럽고 요사스러운 바다라고 지금껏 욕했던 게 무색하게도 파도는 유난히 부드러웠다. 언제 그들을 삼키려 했냐는 듯 고분고분하게 구는 모습에 묘한 안정감이 피어올랐다. 바다를 향해 있던 악의가 방향을 잃고 흐지부지해졌다. 턱 끝을 간지럽히는 바다의 손길이 상냥하게 느껴지는 이유도 위협의 냄새를 녹인 물구덩이가 기특해서일 테였다.

열병을 앓아본 적이 있어? 안화는 그렇게 이야기를 시작했다.

○

공장에 불이 났다. 얇은 이불을 덮은 채 깊은 잠에 빠져 있던 안화는 가장 늦게 소식을 접했다. 간신히 탈출하긴 했지만 무사하진 않았다. 화마는 뜨겁고 악질적이었다. 우스운 건 그녀에게나 해당되는 이야기였지, 남들에겐 작은 생채기 하나 내지 않은 불꽃이었다. 불운이란 불운은 모조리 그녀가 흡수한 것처럼. 이번 일까지 합산하면 안화는 벌써 일곱 번째 죽을 고비를 넘겼다. 기적적으로 살았지만 언제 다시 위협이 찾아올지 몰랐다. 도처에 죽음이 널려 있으니 상상하지 않을 수 없었고 직감하지 않을 수 없었다. 단명은 정해졌다.

그날이 떠오를 때마다 화상을 입은 양팔이 간지러웠다. 불개미의 독침을 녹여 만든 액체를 팔에 끼얹은 듯한 촉감이 생생했다. 그래서 안화는 팔을 들어 냄새를 맡는 버릇이 생겼다. 아직도 그 냄새가 날까 봐 무서웠다. 우윳빛의 뽀얀 라텍

스가 타는 냄새는 시체 썩은 내보다 몇 배는 더 역했기 때문에 옅어지게 하는 데에 오랜 시간이 걸렸다. 하루이틀 환기를 시키는 걸로는 부족했다. 그래서 그녀의 방 창문은 습관처럼 열려 있었고, 늘 감기에 걸린 것처럼 오한이 들었다.

그러다 보면 어느 순간 감기는 열병으로 완성되었다. 걷잡을 수 없이 번지던 화재는 안화의 몸 위에서 새로운 모양으로 춤을 췄다. 물처럼 녹아 흡수된 열은 혈류 곳곳으로 흘러 들어갔다. 가려움, 고열, 환상통이 한꺼번에 찾아왔다. 자의 없는 분신燒身은 불시에 시작되었다가 제각각 다른 속도로 끝이 났다. 이런 거대한 화마를 끌 수 있는 방법은 그보다 더 방대한 양의 물을 찾아 붓는 것이었다. 그래서 바다로 도망쳤다. 뛰어들었다. 열로 부풀어 오른 속을 염수로 가득 채웠다. 절망적이게도 나아지는 건 없었다. 아직 불의 크기가 바다보다 커서 그랬다. 아직 그만큼 큰 바다를 찾지 못했다. 그에게 이 말은 하지 않았다. 혹시나 하는 기대감이 돌이킬 수 없을 만큼 커질까 봐.

노란 불빛이 더이상 환히 보이지 않고 초라해졌다. 동이 트고 있었다.

이제 일어나요. 나 출근해야 해. …왜 울어?

∞

먹구름이 더 많아지더니 한바탕 비가 퍼붓는다. 나는 이리저리 흔들린다. 바람에 치이고, 격랑에 치이고, 빗줄기에 치이고, 바다 위를 떠도는 쓰레기에 치이고. 이 모든 과정을 나는 홀로 겪어 낸다.

몸통의 중심부를 정확히 가격하는 무거운 빗방울. 간질거리는 촉감을 가진 아이는 내 몸통을 뚫기 위해 끙끙대지만 결국 튕겨 나가고 만다. 안 돼, 미끄러지지 마. 더 버텨보란 말이야.

숨을 몇 번이고 들이마신다. 해로운 공기가 멋대로 몸 안으로 들어온다. 타는 듯한 통증이 괴롭다. 에일 듯한 고통이 싫다. 찢길 듯한 소음이 시끄럽다. 내보내고 싶다는 충동이 너무도 강하게 일어난다. 나가. 나가. 나가!

겨우 숨을 고른다. 더는 비가 내리지 않는다.

괜찮아?

그때 어디선가 들리는 낯선 목소리. 누구야? 어디 있어? 내가 묻는다.

여기. 여기야.

나풀거리고 맑다. 혼탁한 존재라는 나와 달리 무척이나 순수해 보인다. 이물질, 티끌, 불순물이 들어갈 틈조차 안 보인다. 나는 그에게 나의 감상을 말한다. 그러자 그가 반박한다.

착각일걸.

뭐가?

나는 난파한 조각에 불과해. 너랑은 달라.

난 어떤데?

그는 망설이지 않는다.

네가 들려준 나에 대한 감상을 그대로 너에게 돌려줄게.

납득하기 어렵다. 내가 어떻게 너처럼 생길 수가 있을까. 어떻게 내가 너처럼 아름다울 수 있을까.

그가 웃는다.

내가 아름다워?

나도 모르게 속내를 말한 모양이다. 하지만 나는 나를 한 사코 부정한다.

나랑 너는 달라. 넌. 너는 무결하잖아. 순수하고.

그게 바로 착각이라는 거야.

응? 나는 이해할 수 없어 되묻는다.

널 자세히 봐 봐. 그럼 무슨 말인지 알 수 있을 거야.

○

왠지 눈가가 시큰거리는 느낌이 들어 잠에서 깼다. 몸을 일으켜 세워 창 너머를 바라보았다. 햇살이 파도 위로 몸을 누이고 있었다. 아침이 찾아왔다.

안화는 변수가 싫었다. 변수는 위험성으로 치환되니까. 그래서 시간의 흐름이 단조로운 세상에 누워 꼼짝도 하지 않았다. 변수도 지루하다고 도망갈 고요함을 사랑했다. 실은 사랑하지 않았다. 그 안은 너무나도 평평한 세계여서 아무도 그녀의 시체를 발견하지 못할 것 같았다. 납작 깔린 바닥을 아무도 시체로 의심하지 않는 것처럼.

어느 날 지나가던 누군가가 바닥 위로 넘어졌다. 아픈 게 분명한데 아프다고 말하지 않는 이상한 사람이었다. 대신 평면 너머에 대고 물었다. *왜 거기 있어?*

소음이 활발하게 움직이는 입체 세계는 생각보다 위험하지 않았다. 오히려 위험했던 건.

안화는 관 모양으로 움푹 파인 땅을 물끄러미 바라보았다. 그러다 웃음이 나왔다. 입체 모양틀에 몸을 부어 굳혀 놓고 평면체라 우긴 셈이었다. 본래 색은 물빛이면서 늘 불빛을 염려했다.

바다를 찾으러 가야겠다.

○

그날 이후 둘은 매일 자정에 만났다. 만나서 하는 일은 특별하지 않았다. 해변에 앉아 청선은 떠들고, 안화는 그의 조잘거림을 듣는 게 전부였다. 그리고 끝은 항상 모래 위에서 벌이는 불꽃놀이로 마무리되었다. 담배가 다 타고 나면 청선은 그을음을 구경했다. 그러곤 주변의 모래를 손바닥으로 쓸어 가져와 잿가루를 덮었다. 감쪽같이 숨기고 나면 그는 아이처럼 웃었다. 안화는 그 웃음이 자꾸 생각나 바다에 나오게 됐다. 피곤했지만 그를 보고 나면 무력감에 빠지진 않았다. 청선은 늘 먼저 와서 그녀를 기다렸다. 그리고 안화는 청선의 기다림을 기다렸다. 바다를 보며 쪼그려 앉아 있던 그가 안화의 기척을 눈치채고 멀리서부터 마중 오는 모습을.

위협의 냄새를 알아요?

벌써 세 번째 전멸한 담배를 응시하던 청선은 불쑥 그런 물음을 건넸다. 안화는 알면서도 고개를 저었다.

기억나죠. 처음 봤을 때 바다에 뛰어드는 줄 알고 저 완전 호들갑 떨고 그랬잖아요. 사실 그때 당신한테 이상한 냄새가 났어요. 좀 많이 독한.

이거에 찌든 냄새 아니고?

어느새 새로 꺼낸 담배를 중지와 약지 사이에 끼운 채 흔드는 안화의 모습은 천진해 보였다. 그에 반해 청선은 답지않게 진지했다.

아뇨. 달라요.

단호하게 부정하더니 고민하는 듯한 침음을 냈다. 그러더니 번듯 답을 내놓았다.

그건 꼭 바다가 타는 냄새 같아요.

안화의 표정이 미묘하게 변했지만 어둠에 가려진 탓에 청선은 미처 알아차리지 못했다. 형식적이나마 돌아오던 대꾸가 끊기자 정적만 남았다. 침체된 공기가 어색했는지 청선이 연신 눈동자를 굴렸다. 어떤 이야기를 해야 하나 고민하던 중 아침에 보았던 기상 예보가 떠올랐다.

오늘 새벽부터 비 온다던데요. 장마 시작이래요.

응. 그래서 여기도 곧 봉쇄될걸.

어? 왜요? 그 소린 못 들었는데….

파도가 높아진대.

여상히 대꾸하며 안화는 담뱃갑 안으로 손가락을 집어넣었다. 그러곤 작게 중얼거렸다. 돗대네. 불꽃이 크게 한 번 튀어 올랐다가 사그라졌다. 안화가 담배를 입에 문 모습을 보며 청선이 놀란 표정을 지었다. 둥글게 모은 입 밖으로 연기가 새어 나갔다. *바람을 잔뜩 머금어 팽팽하게 부풀어 오르는 소리가 들렸다. 돗대에 깃발이 펄럭이는 소리인가?* 여전히 맑은 목소리가 청선의 정수리로 떨어졌다.

한동안 못 보겠네.

청선은 불현듯 그런 노파심이 들었다. 한동안이 아니라 영영 못 보게 되면 어떡하지. 바다가 우는 소리에 묻혀 그녀가 다시 열병으로 괴로워하고 있다는 걸 알아채지 못하면 어떡하지. 그러다 끝내 몸을 식히려 소용돌이 가운데로 뛰어들면.

어느새 가벼운 몸을 일으켜 세운 안화가 한 손으로 모래를 털어냈다. 다른 한 손에선 주홍빛 점이 계속 아른거렸다. 탄내가 났다. 청선의 가슴께에 미약한 열기가 느껴졌다. 마치 불씨가 처음 붙은 곳이 거기인 것처럼.

예보보다 이르게 빗방울이 떨어지기 시작했다. 불은 꺼졌다. 서늘한 바람이 살갗을 스쳤다. 안화는 긴팔 소매를 손등까지 끌어 내리며 어깨를 안쪽으로 말았다.

안 가?

…가야죠.

불안한 건 저 혼자인 것 같았다. 장마는 이제 시작이었고 언제 끝날지 모르는데. 청선은 내키지 않는 심정으로 일어났다. 빗줄기가 점점 굵어지고 있었기 때문에 이제 헤어지는 게 맞았다. 하지만 무슨 이유에선지 미적거리게 되었다. 바다에 함께 뛰어들었던 그날처럼 둘은 금세 발끝까지 젖었다. 와중에 안구까지 깊숙이 침투한 빗물은 청선의 눈동자를 새하얗게 멀게 만들었다. 보이지 않는 눈으로는 더 할 수 있는 게 없었다. 결국 청선은 평소처럼 먼저 인사를 건넸다.

갈게요.

그러나 이제 '평소처럼'이 아니게 되었다. 안화의 대답 때문이었다. 평소처럼 말없이 돌아서는 게 아니라 그녀는

잘 가.

라며 인사했다. 다급하게 뒤를 돌았지만 어느새 안화는 저 멀리 뛰어가고 없었다.

흐물텅

파도의 높이가 세 살 아이의 키만큼 높아졌다. 청선은 울렁거리는 심장을 뱉고 싶어졌다. 이 넓고 외로운 모래 위에.

∞

흐르고 흐르다 보면 언젠가는 끝에 도달하겠지. 그리고 난 알고 있어. 이제 곧 나의 여정은 끝이 난다는 걸. 지구는 둥글다지만 내가 아는 지구는 그렇지 않아. 모든 길에는 시작과 끝이 있어. 지구도 길의 하나이니, 반드시 어딘가엔 도착해 있을 거야.

아무것도 기억하지 못하는 것 같더니, 어떻게 세상을 알고 있냐고? 그건 조금 전까지 격변의 파도를 타다가 추락했기 때문이야. 그 흔들림 속에서 나는 모든 걸 잃었어. 그 대가로 모든 걸 얻었지.

나는 여기서 아주 멀리 떨어진 푸른 바다에서부터 지금 이곳, 시꺼먼 바다까지 오게 되었어. 그 과정에서 나는 열에 녹고, 가시에 걸려 찢어지고, 결빙되었다가 다시 열에 녹기를 반복했어. 화상을 입은 피부가 너무 쓰리고 아팠지만 계속해서 흘러가야 했어. 의지가 없는 이상 파도의 뜻에 따라야 했으니까. 기진맥진하고 혼곤해 여정을 멈추고 잠들고 싶었어. 하지만 결국은 여기까지 오게 됐지.

아름답고 맑은 존재는, 그러니까, 너는 말이야. 아직 격변의 파도를 타고 있는 모양이야. 그 속에서 헤매고 있는 건 넌데 왜 나는 아직도 거기서 벗어나지 못하고 있는 걸까?

그건 이미 우리가 돌이킬 수 없을 만큼 엉켜버렸기 때문일까? 내 마음속에 널 위하는 마음이 싹텄기 때문일까?

○

청선은 파도 소리가 형의 울음이라 생각했다. 이상하지, 형이 우는 모습은 한 번도 본 적이 없는데. 그런데 이제 꿈속에선 형이 아니라 그녀가 빠졌다. 차를 타고 가다가도 빠지고, 인도를 걷다가도 빠지고, 산을 타다가도 빠졌다. 바다에 들어가면 빠지지 않았다. 청선이 힘없이 웃었다. 너무 불안해했던 걸까.

난 여기 있을게.

20일가량 이어지던 장마가 끝이 났다. 청선은 떠날 채비를 했다. 여비는 그녀가 천천히 소모한 선물이면 충분했다.

내가 도착한 곳은 낡고 아름다운 청靑의 가운데였다. 나는 숙명의 파도를 타다가 떨어졌다.

× 말랑지구역

눈 덮인 땅이 내핵까지 깊이 파였다가 다시 돌아오지 못한다. 들쑥날쑥한 치아 밑바닥에 텁텁한 눈먼지가 가득 낀다. 혀로 한 번 훑어 축객령을 내리니 입술 안쪽 부드러운 살에 들러붙는다. 원래 모양을 기억하지 못하는 구는 단면이 잘려 타원이 되었다. 시야가 트이자마자 토양이 동서남북으로 비어져 나온다. 손가락에 묻은 흙을 쪽 빨아먹으면 단맛이 난다.

한 입 베어 문 찹쌀떡 안에는 망해 가는 지구가 들어 있었다.

"엄마! 떡에 곰팡이 폈어!"

나는 입안에 들어 있던 내용물을 꿀떡 삼키자마자 엄마를 소리쳐 불렀다. 베란다에서 화분에 물을 주고 있던 엄마의 의아한 시선이 날아왔다. 날지 못하는 새처럼 내가 계속 손만 퍼덕이고 있자 결국 엄마가 치맛자락에 물기를 닦으며 주방으로 넘어왔다.

"나 어떡해? 모르고 먹어 버렸어."

"엄살은. 한 입 먹은 거 가지곤 안 죽어."

매정한 대꾸에 입술이 절로 삐져 나왔다. 그러거나 말거나 엄마는 찹쌀떡의 표면을 유심히 들여다봤다.

"잘못 본 거 아니고? 아침에 미진이가 꺼내 놓은 건데."

"아냐. 여기 위에 봐 봐. 곰팡이잖아."

파랗게 보이는 부분을 검지로 가리키자 엄마가 눈가를 좁혔다. 전분 가루가 뭉친 거 아냐? 아니야, 맛도 이상했던 것 같아. 내가 맞네 네가 맞네 하는 말씨름이 무의미하게 이어졌다. 주말 오전부터 때아닌 곰팡이 논쟁을 벌어고 있으니 신경질이 났다. 나는 얼른 이 지지부진한 논쟁을 끝내고 싶어 당사자에게 직접 묻기로 했다.

"언니는?"

"방에. 방학했다고 애가 곰처럼 잠만 잔다, 어휴."

엄마는 다시 베란다로 나가 수선화에 물을 줬다. 언니의 방문 앞에 선 나는 벌컥 문을 열려다가 호되게 당했던 과거의 경험을 떠올리곤 소심하게 문고리를 돌렸다. 언니의 성질머리를 감당할 자신이 없었다.

"언니 자?"

대꾸가 없고 불이 꺼진 걸 보니 자는 모양이었다. 언니는 한번 잠들면 옆에서 고기를 구워도 일어나지 않았기에 안심하며 문을 벽까지 열어젖히던 때였다.

나는 괴성을 지르며 털푸덕 주저앉았다. 당연히 아무도 없을 줄 알았던 문 뒤에 언니가 쪼그려 앉아 있었기 때문이다. 어둠 속에서 언니와 눈이 마주쳤다. 언니는 입안 가득 물고 있던 뭔가를 삼킨 후 손가락에 묻은 노란 가루를 빨아먹었다.

"노크하고 들어오랬지."

"아니, 왜 거기 앉아 있는데? 깜짝 놀랐잖아."

"뭔 상관."

벌렁거리던 심장이 진정되자 언니가 도둑놈처럼 몰래 먹고 있던 것의 정체를 알아볼 수 있었다.

"떡을 또 처먹어?"

바닥에 놓인 세라믹 접시에는 한입 크기로 잘린 인절미가 두어 개 남아 있었다. 어제 고모가 가져왔다가 남은 걸 냉장고에 보관해 두었는데, 그새 꺼내서 먹고 있는 것이었다.

언니가 내 쪽으로 중지를 치켜올렸지만 본 체도 하지 않았다. 마침 출출했던 나는 남은 조각을 내 입안으로 날름 집어넣었다. 그 모습을 본 언니가 험한 말을 쏟아 냈지만 아랑곳하지 않고 꼭꼭 씹어 목 뒤로 넘겼다. 아, 곰팡이 물어보러 온 거였지. 그제야 용건이 기억났다.

"식탁 위에 있는 찹쌀떡 뭐야? 곰팡이 핀 거 아냐?"

"아, 그거 버려."

"왜?"

"냉동했는데 처음부터 상했었던 듯."

"손이 없어? 직접 버려야 될 거 아냐."

나는 투덜거리면서도 속으론 쾌재를 부르고 있었다. 역시 내가 맞았다. 엄마한테 가서 알려줘야겠다. 그런데 웬일로 순순히 대답해 주지? 평소 같으면 들었어도 못 들은 척만 하고 있었을 텐데. 무척이나 의심스러웠지만 일단 원하는 답을 들었기 때문에 언니에게 더이상 남은 볼일은 없었다. 하지만 언니가 간만에 보여준 티끌만큼의 친절함에 감동해 괜히 말 한마디를 더 붙여 보았다.

"가게에 전화해 봤어? 왜 상한 걸 파냐고 따졌어야지."

"내가 넌 줄 알아? 안 그래도 다음에 오면 서비스도 같이 주신다더라."

"또 간드러진 목소리로 네엥 사장님 괜찮아용 이러고 착한 척했지?"

"어라. 히키가 나와서 말도 하네."

인간이 그럼 그렇지. 언니의 빈정거림에 기분이 상한 나는 쿵쿵거리며 방밖으로 나갔다. 아껴놨던 좀비 신간이나 읽어야겠다고 생각하는데 갑자기 언니가 날 불렀다.

"야."

괜히 뜨끔한 나는 황급히 변명했다.

"문 닫으려고 했어."

하지만 언니의 용건은 그게 아니었다.

"말 나온 김에 지금 네가 가서 받아 와."

그 말에 나는 펄쩍 뛰었다.

"싫어. 내가 왜?"

"그럼 방금 먹은 떡값 내놔. 오만 원."

순 날강도. 분통이 터졌지만 정면으로 맞서 봤자 언니를 이길 수 없다는 걸 그간의 경험을 통해 잘 알고 있었다. 그래서 터득한 요령이 하나 있었다.

"그럼 승부를 보자. 디저트 포레스트 랭킹전 해서 점수 더 낮은 사람이 가기."

"콜. 딱 기다려. 손 씻고 온다."

방에 딸린 화장실로 언니가 달려 들어갔다. 나는 문 뒤에 기대어 앉아 게임을 켰다. 앉아 보니 언니가 여기 있었던 이유를 알 것 같았다. 왠지 안락하고 편안한 느낌이 들었다. 좋은 위치는 선점했으니 이제 게임만 이기면 평화로운 주말 오후를 보낼 수 있겠지.

○

내 입으로 말하는 게 참으로 비참하지만, 나는 게임에는 재주가 없다. 점수가 겨우 100점밖에 나오지 않았다. 심지어 열매를 따서 돌아가기도 전에 새떼의 공격을 받아 죽어버렸다. 언니는 여전히 손가락을 바쁘게 놀리고 있었다. 슬쩍 훔쳐보니 점수가 끝없이 올라가고 있었다. 100, 134, 150, 200…. 지금까지 언니와 했던 내기에서 이긴 적은 한 번도 없었다. 그러면서 언니에게 계속 도전장을 내미는 건 순전히 오기 때문이었다. 하지만 오기가 성공을 보장해 주진 않는다. 이번에도 마찬가지였다.

"간 김에 시그니처랑 오리지널도 하나씩 사 와. 서비스도 잊지 말고."

언니의 지령과 돈을 들고 집밖으로 나섰다. 불만스러운 마음에 발걸음이 쉽게 떨어지지 않았지만, 먼저 내기를 제안한 사람이 나였다는 걸 고려하면 불평할 처지는 아니었다. 다만 입술을 비죽거리며 투덜거리는 소리를 바닥으로 떨구는 정도는 괜찮다며 스스로 관용을 베풀었다. 언니 앞에서 했다간 온갖 욕을 들을 것이고, 엄마 앞에서 했다간 그만 좀 싸우라고 잔소리를 들을 게 뻔했으니 지금처럼 밖에 홀로 나왔을 때만 할 수 있는 일종의 자유였다.

입김이 부옇게 피어올랐다. 어제 새벽 내내 눈이 내리는 것 같더니 운동화 측면의 큼지막한 로고를 가릴 정도로 쌓여 있었다. 앞코로 눈을 툭툭 치며 앞으로 나아가다 보니 어느새 지상 주차장까지 와 있었다. 재포장 공사를 하느라 주차장은 공터처럼 비어 있었다. 한구석에 놓여 있는 '위험!' 표지판과 경광봉, 트럭처럼 생긴 이름 모를 기계가 다였다. 콘크리트가 풍기는 진한 화학 물질 냄새가 콧속으로 침투했다.

파구동에 위치한 지구방앗간은 버스로 10분, 걸어서 20분 정도 걸렸다. 평소 같았으면 산책도 할 겸 걸어갔을 텐데 오늘은 그럴 엄두도 나지 않았다. 영하 15도에 이 눈길을 헤치고 갈 자신이 없었다. 나는 두꺼운 패딩 주머니에 손을 꽂아 넣곤 버스정류장 쪽으로 걸음을 틀었다. 동시에 콧등에서 차가운 감촉이 느껴졌다. 눈송이였다.

예고도 없이 쏟아지기 시작한 눈은 무례하기까지 했다. 사정없이 눈코입으로 밀고 들어오는 먼지 같은 눈늘을 뱉고 닦기 바빠졌다. 그러다 겨우 눈을 떴을 때, 믿기지 않는 광경을 마주하게 되었다.

한겨울 지구에 멸망이 찾아온다면 이런 모습일까? 아니면 남극에서 종말이 시작된다면 이런 모습일까? 하지만 남극은 눈이 아니라 물 때문에 없어지지 않을까? 이미 눈이 충분히 많은 곳이니까 설해 대비책은 마련되어 있겠지. 오히려 얼음이 녹으면 해수면이 상승하니까 그 문제가 더 심각할 것 같은데. 아니, 지구 종말의 원인은 온난화 현상과 무관한가? 지금까지 많은 아포칼립스 영화나 만화, 애니메이션을 섭렵해 왔지만 이런 현상은 처음이라 정리가 잘 되지 않았다.

내가 생각해도 말이 안 되지만 눈앞에서 벌어지고 있는 광경은 살을 꼬집고 혀를 깨물고 눈더미 아래로 맨손을 집어넣어도 깨지 않는 현실이었다. 그러니까, 내가 보고 있는 건.

'눈과 땅의 대격돌?'

정도로 설명할 수 있을 것 같았다.

나는 이 기묘한 현상을 이상 기후나 지구온난화에 의한 현상으로 이해하고 싶지 않았다. 그보다는 흥미로운 사건으로 보고 싶었다. 뼛속까지 아포칼립스 덕후의 피가 흐르기 때문인지 사태의 심각성을 인지하는 속도가 더뎠다. 사선으로 눈송이가 떨어지고 흙 알갱이가 올라가는 모습을 보고 게임 화면을 연상하기까지 했다. 하늘과 땅 중간쯤에서 만난 흙과 눈이 뒤섞여 몸집을 불렸다. 그리고 그것은 도로 바닥에 내리며 차곡차곡 쌓여갔다. 닭이 낳은 알처럼, 조개가 품고 있는 진주처럼 가지런하고 예쁘게.

머리가 나쁘면 몸이 고생한다더니. 발아래로 전해지는 땅의 울림이 느껴졌고, 정신을 차리고 보니 나는 어느새 후문 앞 초등학교까지 나와 있었다. 빨간 테두리 안에 '20'이라 적힌 원형 표지판이 바람에 흔들거렸다. 만약 내가 상황 파악 능력이 뛰어났다면 눈과 흙의 격돌 장면을 흥미롭게 직관할 시간에 벌써 몸을 피하고도 남았을 것이다. 그럼 지금처럼 비리고 쓸쓸한 맛이 느껴지는 목을 부여잡은 채 밭은 숨을 골라내고 있지도 않았겠지. 하지만 안타깝게도 나는 그런 사람이 아니었다. 발이라도 빠른 걸 다행으로 여겨야 했다.

말랑지구떡

달려왔던 길을 돌아보니 사람은 하나 없고 마치 나 혼자만 겪은 꿈결의 일인 것처럼 세상은 시치미를 뚝 떼고 있었다. 땅도 더는 물결치며 흔들리지 않았다. 눈만 살아남아 계속 내리고 있었다. 하지만 살아남은 건 나도 마찬가지였다. 몸 안에서 미처 빠져나가지 못한 열기를 느끼고 있다는 것, 출발 직전의 버스를 타기 위해 달릴 때보다 필사적으로 뛰었던 기억이 휘발되지 않고 남아 있다는 건 내가 겪었던 일이 현실임을 알려주는 증거였다.

등 뒤로 팝콘을 튀기듯 경쾌한 소리가 나는 것도 들었다. 앞만 보고 가느라 무엇이 튀어 오른 건지 보진 못했지만, 짐작건대 콘크리트로 굳혀진 알갱이들이 아니었을까? 모래나 자갈, 돌 따위가 더이상 토양 아래 묶이기를 거부할 때 그들은 제각각 분리되어 개체로서의 존재감을 되찾는다. 어쩌면 표층이라는 이름으로 뭉뚱그려져 생면부지의 자갈들과 몸을 부대끼며 사는 삶이 지겨워졌을지도 모른다. 해방을 갈구한 돌멩이들은 결국 작은 반란을 일으켰다. 하지만 그 결과가 기이한 자연재해일 줄은 그들도 미처 예상하지 못했을 것이다.

나는 인간과 동물에게 귀소본능이 있는 것처럼 무생물에겐 4원소로 돌아가고자 하는 회귀 본능이 있다고 믿는 사람이다. 모든 물체는 결국 자연으로 돌아가기 마련이니까. 그래서 나는 방금 전까지 겪은 일을 불신하지 않는다. 언젠가 일어날 일이 일어난 것뿐이라 스스로 다독이면 곧 안정감이 찾아온다. 게다가 이 이상 현상의 최초 목격자가 되기까지 했으니, 얼마나 뿌듯한 일인가.

그렇다고 해서 무섭지 않은 건 아니었다. 평소에 지구 멸망 플롯을 자주 접해 두어서 받아들일 수 있었던 것이지, 무생물의 반란에 휘말려 목숨을 잃을 뻔했는데 아무렇지 않다면 거짓말이었다. 나는 여든 살이 되도록 만화책이나 뒤적거리며 살고 싶은 열일곱이니까. 내 창창한 미래를 허무하게 잃을 순 없었다. 지금도 다리가 벌벌 떨렸다. 제자리에 멈춰 서서 아포칼립스 세계관을 되새기는 게 최선이었다. 굳어 버린 몸 대신 머리라도 부지런히 움직여야 했다.

나는 이 현상을 '토양 구성물들의 반란'이라 재명명했다. 이제부터 나는 이 난관을 헤치고 성공적으로 임무를 수행해야 한다. 그렇게 최면을 거니 내가 위대한 사람이 된 것 같은 착각이 들었다. 그리고 무엇이든지 해낼 수 있을 거라는 자신감도 생겼다.

…그런데 내가 지금 어딜 가는 길이었더라?

○

언니는 왜 나한테 떡심부름 같은 걸 시켜서. 고작 인절미 두 개 집어먹었다고 사람을 이렇게 부려먹어도 되는 거냐고.

고생길을 걷게 만든 언니를 원망하는 감정이 자연히 들었다. 하지만 게임에서 패배한 건 다름 아닌 나였다. 결과에 승복할 줄 아는 자세는 아름다우니까 받아들여야지 어쩌겠어. 그러고 보니 언니와 엄마는 무사할까? 아파트를 지지하고 있던 지반이 사라져 버렸으면 어쩌지? 마지막으로 봤을 때 인도는 멀쩡했지만 지금까지 그대로일지는 몰랐다. 두려움에 몸이 다시 굳으려 할 때, 언젠가 언니와 했던 이야기가 떠올랐다.

'세상에 좀비 바이러스가 창궐하면 언니는 어떡할 거야?'

'그럴 일 없어.'

'아니, 가정을 해보라고. 끝까지 살아남을 것 같아, 아님 일찍 죽을 것 같아?'

'일단 너보단 오래 살아남을 듯.'

복싱과 태권도를 섭렵하고 최근 클라이밍을 시작한 언니를 걱정하는 건 괜한 염려였다. 엄마는 언니가 어련히 알아서 지켜 주겠지. 경직되어 있던 근육이 말랑하게 풀어졌다.

문제는 이제 어떻게 할 것인지였다. 집으로 돌아갈까도 했지만 내가 달려왔던 길은 이미 곳곳에 위험천만한 구멍이 뚫려 있었다. 발로 디디면 땅이 감자칩처럼 바사삭 부서질 것 같았다. 그렇다고 빙 돌아서 정문으로 들어가자니 고민되었다. 우리 아파트는 동이 세 개뿐이었지만 희한하게도 같은 재단의 남고와 여고가 같은 교문을 쓰듯 다른 아파트 두 곳과 출입문을 함께 썼다. 그중에서도 내가 사는 곳은 맨 안쪽에 있어 정문까지 가는 데 상당한 시간이 소요되었다. 즉 후문에서 나와 정문으로 들어가려면 다른 아파트의 담벼락 옆을 지나는 지그재그 모양의 길을 세 번이나 반복해야 한다는 의미였다. 그 거리면 차라리 방앗간까지 갔다가 정문 쪽 정류장에서 내리는 게 나았다. 지금 버스가 다닐지는 모르겠지만 아무튼 이론상으론 그랬다.

어떻게든 눈길을 오래 걷고 싶지 않았던 나는 이왕 이렇게 된 거 떡집까지 가 보기로 결심했다. 내가 받은 건 포악한 언니의 입에 넣어줄 떡덩이를 받으러 가는 아주 하찮은 임무지만 혹시 몰랐다. 다섯 개의 떡과 두 마리의 물고기로 오천 명을 먹인 성경 이야기처럼 내가 사 온 찹쌀떡이 지구 멸망을 막을 수 있는 떡이 될 수도….

어라, 이 발상 꽤 괜찮다.

지금 이 순간부터 주인공은 눈을 뚫고 지구 종말을 막을 수 있는 아이템을 구하러 가는 것이다. 퀘스트를 성공적으로 완수해야 지구평화가 찾아온다.

하지만 역시 영웅이 되는 길은 쉽지 않았다. 비장한 각오를 다지며 조심스럽게 한 발짝 내딛는 순간, 저 멀리서 산이 무너지고 암석이 갈라지는 듯한 소리가 들려왔다. 나는 화들짝 놀라 뒤도 돌아보지 않고 달렸다.

뜀박질로 인해 달아올랐던 몸이 식자 오한까지 드는 기분이었다. 팔짱을 끼며 어떻게든 체온을 유지하기 위해 노력해 봤지만 휘몰아치는 눈보라 앞에서는 소용없었다. 얼굴도 시리고 입술도 부르트고 발가락도 얼얼하다. 이럴 줄 알았으면 집에서 신고 있던 수면 양말 그대로 신고 나올걸. 차라리 지금이라도 집으로 돌아가는 건? 그건 안 되지. 곧장 고개를 저었다. 나는 진작에 아파트 단지를 벗어나 이면도로를 걷고 있었다. 가로등 몸통을 가로막은 '30'이 유독 눈에 밟혔다.

의식적으로 머리 비우기. 공부도 못하고 능력도 없는 내가 가장 잘하는 일이다. 엄마가 잔소리를 퍼부을 때마다 귓구멍에 설치한 잔소리 필터가 자동으로 작동하는 것처럼, 예기치 못했거나 불리한 상황이 닥칠 때면 사용하는 회피 스킬 중 하나였다. 추위와 공포에 덜덜 떨고 있는 지금 같은 때에 쓰면 딱이었다. 얼굴에 닿는 찬바람을 최소화하기 위해 고개를 푹 숙인 채 걷다 보니 벌써 파구사거리 근처였다. 목적지인 지구방앗간은 여기서 역 한 개만 더 지나면 있었다. 칼을 뽑았으면 무라도 썰어야 한다고, 무는 아니지만 바닥에 쌓인 눈이라도 소심하게 발끝으로 갈라놓으며 괜히 뿌듯해 했다.

어느 정도 시간이 지나자 눈의 기세가 먼지처럼 약해졌다. 땅이 진동을 일으킬 기미도 보이지 않았다. 계속 벌렁거리던 심장이 드디어 제자리로 돌아왔다. 눈 위를 저벅저벅 걸으며 나는 혹시라도 주변에 사람이 있을까 두리번거렸다.

이때가 돼서야 나는 진심으로 이상하다고 생각했다. 아파트 단지야 거주민이 겨우 백 가구를 웃도는 작은 동네였으니 사람이 보이지 않아도 이해할 수 있었지만, 역 근처에 와서도 개미 한 마리 얼씬 않으니 이건 정말 내 망상이 아니고서야 있기 어려운 일이었다. 주말 오후인데 사람이 이렇게 없을 수 있다고? 새하얀 눈 위에는 내 발자국만이 조용히 흔적을 남기고 있었고, 평소엔 쉽게 볼 수 있었던 길고양이의 작은 발자국도 보이지 않았다. 빵빵거리는 경적소리도, 느글거리는 배기음을 내며 출발하는 시내버스도 없었다. 생존자는 여전히 나와 눈, 둘이었다.

SNS나 기사를 보자. 그제야 스마트폰을 꺼내 볼 생각을 했다. 이렇게 충격적인 일이 벌어졌으니 분명 보도됐겠지. 아니면 혹시 좀비가 창궐한 세상처럼 인터넷이 끊겨 있을까? 두근거리는 심정으로 SNS에 들어갔다.

하지만 내 예상과 달리 인터넷 접속은 아주 원활했고, 여느 때와 같이 토익 문제집 배너 광고, 한 정치인의 발언 논란, 인기 남자 아이돌 그룹의 직캠 영상, 콜라겐을 50% 할인한다는 쇼핑몰 등이 배치되어 있었다. 게시 시간은 20시간 전. 눈이 휘둥그레 떠졌다. 화면 속 시간이 멈춰 있었다. 데이터도 잘 터지고 클릭도 잘 되는데 아무 곳이나 눌러 들어가 보면 모두 23일 5시에 올라온 글이었다. 지금까지 영웅이라 자칭하며 안정을 찾으려던 노력이 와르르 무너지는 소리가 났다.

나는 다급하게 인터넷을 끄고 통화 위젯으로 들어갔다. 전화해 봐야겠다. 뉴스를 틀어놓은 채 낮잠을 자는 엄마라면 잠귀로나마 수상한 소식을 듣지 않았을까? 허구한 날 누워 인터넷 서핑만 하는 언니라면 이슈에 빠삭하지 않을까?

하지만 희망은 한순간에 좌절되었다. 휴대폰이 눈밭에 처박혔다. 눈 때문에 단이 있는 줄 모르고 발을 디뎠다가 엎어진 것이었다. 반짝 빛나고 있던 액정이 물을 먹고 꺼졌다. 나는 넘어진 충격도 잊고 절규했다. 아직 백업도 안 했는데. 5년 동안 모은 금손들의 팬아트를 허무하게 잃을 위기였다. 무릎걸음으로 기어가 눈 속에 빠진 휴대폰을 구출해 필사적으로 전원 버튼을 눌러댔지만 먹통이었다. 무서워도 나오지 않던 눈물이 비죽 차올랐다. 진정하자. 하지만 저 안엔 큰맘 먹고 그리기 시작한 〈이세계 지구 농장〉 완결 축하 그림이 들어 있는데. 당장 다음 주에는 올려야 하는데. 요즘은 기술이 좋으니 당연히 메모리 카드도 살릴 수 있겠지? 되는 일이 하나도 없었다. 다 포기하고 이대로 드러누울까? 그러고 보니 지금 상황이 〈이세계 지구 농장〉과 비슷한 것 같았다.

너도나도 지구 종말을 소재로 쓰기 시작해 포화 시장이 된 아포칼립스 판에 뫄태 작가가 혜성처럼 등장했다. 그의 데뷔작 〈이세계 지구 농장〉은 작가 특유의 시니컬한 문체와 화려한 묘사, 그리고 독특한 소재로 인기를 얻은 웹소설이었다. 주인공은 왕따를 당했던 상처를 딛고 전도유망한 과학자가 되었는데, 운석이 떨어진 뒤 황폐해진 지구에 혼자 살아남아 새로운 지구를 만들기 위해 고군분투한다. 마침내 그는 그가 기억하는 지구와 가장 흡사한 형태의 미니어처 지구를 만드는 데 성공하고, 그곳으로 들어갈 방법을 모색하던 중 충격적인 진실을 알게 된다. 혼자 살아남은 줄 알았던 주인공이 알고 보니 죽은 사람이었다는 것이다. 그는 결국 홀로 살아갈 사후 세계를 제 손으로 만들고 있던 셈이었다. 아차, 너무 신나게 떠들었다. 결말을 스포해서 미안할 따름이다. 아무튼 나는 그 결말을 읽고 소름이 돋았다. 어떻게 이런 반전을 떠올릴 수 있지? 그 이후 뫄태 작가님의 광팬이 되었고, 차기작이 나오길 꼬박 기다리게 되었다. 하지만 그게 실화의 가능성이 열려 있는 작품이라고 생각해 본 적은 단언컨대 한 번도 없었다. 소설은 소설이잖아?

주인공이 처한 상황이 현재 내 상황이랑 다를 게 없어 보였다. 알고 보니 난 이미 죽은 게 아닐까? 영웅은 개뿔. 좀비 게임을 너무 많이 한 나머지 미쳐버린 게 분명했다. 드러눕고 싶다고 생각만 한 줄 알았는데 어느새 진짜로 누워 버린 모양이었다. 시야가 확 트여 있었다. 눈은 징그럽게도 계속 쏟아져 초파리처럼 얼굴에 달라붙었다 떨어졌다. 눈 오는 날을 좋아했던 나는 오늘부로 없다. 앞으로 눈이라는 말만 들어도 몸서리가 쳐질 것 같았다. 정말 죽었든지 아니든지 될 대로 되라 하는 심정이라, 일어나지 않고 멍하니 하늘만 올려봤다.

말랑지구떡

눈구름을 품은 하늘이 갑자기 통째로 흔들거렸다. 잘못 봤나 싶어 눈을 비볐지만 오히려 직전보다 더 선명한 파동이 그려졌다. 누군가 양쪽에서 압력을 가한 것처럼 하늘이 접힌 병풍 모양이 되었다. 그 모습을 보며 나는 입을 떡 벌렸다. 이때를 놓칠세라 눈송이 군단이 입 동굴 안으로 침투했다. 혀 위의 끈적한 침에 녹아 금세 해산해 버릴지라도 그 용기와 인내는 달큰함을 남겼다. 왜곡된 거울 속 세계처럼 일렁거림이 계속됐다. 이러다간 눈코입까지 어지럽다고 도망갈 기세였다. 혹여 그런 일이 생겼을까 봐 나는 꽁꽁 얼어붙은 손으로 얼굴을 더듬거렸다. 다행히 모두 잘 붙어 있었다. 탈출을 시도하는 건 흙밖에 없었다. 등으로 미세한 꿈틀거림이 느껴졌다.

불길한 예감이 샘솟았다. 다시 움직이기 위해 일어나자마자 영문도 모른 채 몸이 뒤로 기울었다. 뒤집힌 시야로 '50'이라 써진 속도제한 표지판과 그 앞에서부터 잘게 으스러진 콘크리트 조각—한때는 보도블록이었던 것—이 팝콘처럼 위로 튀어 오르는 모습이 보였다. 경계에 도달한 흙은 어김없이 눈과 만나자 번식하듯 알을 낳았다. 그것은 논밭을 지나온 신발 바닥처럼 길에 선명한 흔적을 남겼다. 그리고 설인처럼 거대해진 거무스름한 눈덩이가 쿵쿵 소리를 내며 뒤를 추격해 왔다. 그도 나처럼 구르고 있었다. 모두가 구르고 있었다. 세상이 빙글빙글 돌았다.

내리막길도 아닌데 이상하게 몸이 주체성을 상실한 채 계속 굴러갔다. 불행 중 겪은 첫 번째 다행은 땅이 내려앉는 방향과는 정반대로 구르고 있다는 것이었다. 지진을 겪어본 적은 없었지만, 지진이 난다면 이런 느낌이지 싶었다. 어디로 가고 있는지, 몸이 어떻게 움직이고 있는지, 세상이 어떻게 흉측하게 변하고 있는지 전혀 알 수가 없었다. 나는 그저 죽지 않기를 바라고 있었다.

여섯 살 때였나. 고모가 불시에 집에 방문한 날이었다. 웬일로 언니가 태권도장에 가지 않았길래 물었다. 그래서 하는 말이 눈이 와서란다. 그럴 거면 나가서 동생이랑 놀아주기라도 하라는 엄마의 떠밀림에 언니는 마지못해 나와 눈사람을 만들러 나갔다. 혼자 노는 게 지겨운 참이었던 나는 평소보다 더 들떠서 쉽게 지치지 않았다. 결국 주먹 크기였던 눈송이를 내 키의 반만큼 뭉치는 데 성공했다. 후에 언니가 말하길, 아무리 불러도 들어먹질 않고 놀이터에 쌓인 눈을 독식할 기세였다고 한다. 그 기억이 지금 왜 나는지 모르겠다. 이게 바로 그 말로만 듣던 주마등인가? 그때 불렸던 눈이 가족과 헤어지게 되었다고 복수하는 걸까? 그래서 나는 지금 눈사람의 재료가 되기 위해 구르고 있는 걸까?

불행 중 겪은 두 번째 다행은, 말하면서도 이게 맞나 싶지만 땅이 밀가루 반죽처럼 말랑해졌다는 것이다. 확신이 없는 이유는 불투명한 막이 나를 감싸 안는 느낌이 들자마자 몸이 앞으로 튕겨 나가 어딘가에 안착했기 때문이다. 그 장막은 물

속에 잠긴 빛처럼 손으로 쥘 수 없었다. 그렇게 굴렀는데도 상처 하나 없는 걸 보면 내가 전혀 신빙성 없는 얘기를 하고 있는 건 아니었다. 사실 그보다 믿을 수 없는 일은, 도시 한가운데에서 눈사태가 발발했다는 사실이었다. 맹렬한 속도로 나를 추격해 왔던 그 거대한 눈덩이가 폭탄처럼 팡- 터진 게 원인이었다. 새하얀 파편들이 우박처럼 쏟아졌다.

나는 머리를 가슴 쪽으로 깊이 말아 넣었다. 동상에 걸린 건지 감각이 느껴지지 않았다. 누군가 나를 거대한 압축팩에 넣고 바람을 뺀 것마냥 옴짝달싹하기 어려웠다. 움직이고 있다고 생각은 하는데 실제로 뇌의 명령을 받고 팔다리가 작동하고 있는지 알 길이 없었다. 그나마 다행인 건 감각을 잃으니 추위도 느껴지지 않는다는 점 정도였다. 이 일이 뉴스로 나오면 모두의 비웃음을 사겠다. 아니, 사람들이 믿어주기는 할까? 떡을 사러 가는 길에 거대한 눈덩이를 만나 도망치다가 눈이 터져 그 안에 파묻히는 일이 있었다고. 머리가 어떻게 된 거 아니냐는 조롱만 실컷 들을 것 같은데.

'저렇게 모자란 애가 내 조카라니, 참….'

고모가 엄마의 귓가에 속삭이는 소리가 겹쳐 들린다. 어색하게 굳은 엄마의 표정과 죄인처럼 고개를 수그린 모습이 아른거린다.

'남의 집 아들 잡아먹었으면 적어도 애는 잘 키워야지, 안 그래?'

그리고 날 쳐다보는 고모의 동정 섞인 눈빛. 눈. 눈.

그놈의 눈.

욕지기가 치밀었다. 그래서 내가 눈지옥에 떨어진 모양이었다. 눈을 좋아하던 아이가 눈을 싫어하게 된 이유는 어느 순간 눈이 순수하지 않다는 걸 깨달아 버렸기 때문이다. 낡고 때 묻은 육신, 그냥 더러운 눈밭에 투기하고 말란다. 지구를 구하긴 뭘 구해. 너한테 그런 능력이 어디 있는데? 세상에 재해가 닥치면 고생하기 싫다고 가장 먼저 의지를 잃고 도망갈 위인이 바로 너면서.

이제는 변화가 생겨도 크게 놀라지 않았다. 내 몸은 짤주머니에 담긴 휘핑크림처럼 작은 구멍을 타고 아래로 짜져 나갔다. 우주와 지상을 잇는 롤러코스터를 타는 기분이 들었다. 이러다 지상으로 내려가지 못하고 평생 우주를 맴돌며 살 수도 있겠다는 생각이 들 때쯤 추락의 시간이 모두 소모되었다. 하지만 지상행이 아니라 우주행 열차로 잘못 탄 모양이었다. 오랜만에 뜬 눈으로 본 건 여전히 검기만 한 하늘이었기 때문이다. 저 번쩍거리는 빛은 당연히 별일 거라고 지레짐작하는 순간 하얀 점들이 하늘 위로 빼곡히 채워졌다. 그제야 깨달았다. 별이 아니라 눈먼지라는 걸. 왠지 코가 간지러운 기분이 들더니 어느새 성큼 다가온 그것들이 얼굴을 뒤덮었다.

나는 누운 상태 그대로 굳어 땅이 되었다. 그 위로 눈이 쌓였고, 또 그 위로 열꽃이 폈다. 기이하게도 파란색이었다. 눈을 모두 쏟아낸 눈구름은 평범한 구름이 되어 각기 흩어졌다. 구름이 열어준 하늘은 열심히 제 몸에 덧씌워진 검은색 껍질을 벗겨내고 있었다. 맨몸이 된 하늘이 땅을 향해 떨어진다. 그리고 이내 부어진다. 붓고 보니 하늘색이 아니었다. 방수포 색이 나와 버렸네. 낭패라는 듯 중얼거리는 음성. 아무 일도 일어나지 않는 시간이 이어진다. 그러다가 일순 풍기기 시작하는 묵은 냄새. 그리고 꼭대기에 끼얹어지는 달콤하고 향긋한 액체. 블루베리 청처럼 끈적거리고, 모든 걸 녹일 수 있을 만큼 뜨거웠다.

앗, 차가워.

감각이 돌아왔다. 나는 낯부끄럽게노 인도에 뻗어 있었다. 어느덧 눈발은 완전히 멎은 상태였다.

꿈에서나 볼 법한 흐린 장막이 걷히자 놀랍게도 궁서체로 '지구방앗간'이라 적힌 흰 간판과 그 안에 켜진 밝은 불빛이 보였다. 숲속을 헤매다가 과자집을 발견한 헨젤과 그레텔처럼 눈 속을 구르다가 떡집에 도달한 것이었다. 나는 홀린 듯이 불이 아른거리는 방향으로 걸어갔다. 낮은 단을 밟고 올라가 유리문을 열자 맑은 종소리가 내 정신을 일깨웠다. 동시에 꺼져 있던 세상의 모든 소리가 켜졌다. 도로 위를 빠르게 질주하는 사이렌 소리, 산책하던 개가 행인을 보며 사납게 짖는 소리, 주인이 타이르는 소리, 폐지를 가득 실은 수레의 바퀴가 눈에 빠져 덜컹거리는 소리가 막혔던 수도관 뚫리듯 콸콸 쏟아졌다. 시원하기보다 당황스러웠다. 갖은 수를 써도 물 한 모금 내어주지 않던 수도꼭지가 출장 기사의 내리침 한 번에 항복을 선언하듯 물을 줄줄 뱉는 느낌이었다.

출입문 위에 달린 종을 어리둥절한 눈으로 바라보고 있으니 카운터에 서 있던 여자가 나를 이상한 사람 보듯 했다. 나는 여기 온 목적을 상기해 내고는 얼굴을 붉힌 채 냉장 쇼케이스 앞으로 걸어갔다. 언니가 뭘 달라고 했지? 빠른 속도로 쇼케이스 안을 훑었지만 떡은 없고 빵 종류만 보였다. 몇 번을 다시 봐도 마찬가지였다. 한참을 우물쭈물하던 나는 용기 내 물었다. 손가락은 공처럼 생긴 블루베리 무스케이크를 가리킨 채였다.

"저기, 말랑지구떡은 이제 안 나와요?"
"아, 저희가 지난주부터 지구 베이커리로 바뀌어서요."
"왜요?"
여자가 나를 힐긋 쳐다보곤 성의 없이 대꾸했다.
"그야 지구떡의 세상은 망했으니까요."
그 말을 듣고 손에 힘이 탁 풀리고 말았다.
시간 한정 퀘스트라고 알려 줬어야지.

x 석류성 거짓말

은석은 믿을 수가 없었다. 온 세상이 거짓투성이였다. 그 세상에 '진짜'라곤 은석 하나밖에 없어서, 아무도 그를 이해하지 못하는 것이다. 모두가 가짜니까. 첫 번째 내과에서 안고 나온 실망감은 두 번째, 세 번째 문을 차례대로 열고 나올 때까지 이어졌다. 그동안 은석은 내내 같은 생각에 사로잡혀 있었다. 가래를 억지로 끌어모아 길가에 뱉을 때까지도. 이때에는 속으로 연신 중얼거리던 말이 참지 못하고 입 밖으로 터져 나오기까지 했다. 아무도 날 이해하지 못해. 그렇지만 내 뱉었다고 달라지는 건 없었다. 오히려 속이 더 답답해진 기분이었다. 비흡연자가 뱉은 매끈한 가래는 하수구로 흘러 들어갔다. 그는 단지 목이 칼칼하단 이유로 침을 뱉은 건 아니었다. 예술을 하는 사람이라면 응당 입에 담배 하나씩은 물고 있어야 폼이 산다는, 그의 무논리적 신념 때문이었다. 그러나 정작 몸은 주인이 가진 신념을 달가워하지 않았다. 첫 시도 때 유해물질에 호되게 당한 기억이 아직 남아 있었다. 굳은 결심 후 한 모금을 빨아들이자마자 쏟아지는 기침과 코를 찌르는 매캐한 냄새를 견뎌야 했다. 눈물이 핑 돌고 머리도 아팠다. 이후 그는 흡연자 시늉만 하기로 했다. 하지만 은석은 한 번이라도 경험해 봤으니 자신이 흡연자라고 믿었다.

그가 내과를 찾게 된 사유는 이렇다. 여느 때와 같이 잠자리에 비스듬히 누워 태블릿으로 영화를 보던 은석은 별안간 미세한 복통을 느꼈다. 얼마 지나지 않아 목에서 이물감이 느껴져 손으로 더듬어 보니, 크기는 좁쌀만 하고 꽤 단단하며 둥그스름한 것이 만져졌다. 입을 벌린 채 고개를 숙이고 마른기침을 두어 번 하니, 루비 같은 빨간 알갱이가 툭 하고 떨어졌다. 떨어진 그것은 모난 곳 하나 없어 침대 위를 잘도 굴러다녔다. 데굴데굴. 어디까지 들어갔는지, 영 보이지 않아 찾느라 애를 먹었다. 이불을 뒤집고 베개 밑을 샅샅이 헤집었다. 재생 중지된 태블릿이 둔탁한 소리를 내며 떨어졌다. 매트리스 주름을 손으로 탁탁 쳐가며 말끔하게 폈을 때에서야 그 사이에 끼어 있던 알갱이가 모습을 드러냈다.

그것의 정체를 마주하는 순간 은석은 실소를 금할 수가 없었다. 너무나도 생뚱맞았기 때문이다. 그건 다름 아닌 때깔 좋은 석류 알갱이였다. 은석은 혼란스러웠다. 상상 속에서 먹

석류성 거짓말

고 있던 석류가 떨어졌나 하는 생각을 잠시 했으나 그건 말도 안 됐다. 석류 같은 호화 과일은 은석의 삭막한 처지와 썩 어울리지 않았기 때문이다. 방 안에서 가구라고 부를 만한 건 싱글 매트리스와 좌식 탁자, 바닥에 떨어져 있는 싸구려 태블릿이 전부였다. 그렇다고 하늘에서 뚝 떨어졌거나 창밖에서 날아 왔다고 설명하기엔 이쪽도 말이 되지 않는 건 마찬가지였다. 석류를 뱉기 전까지 한 일이라곤 영화를 보며 혼잣말을 중얼거린 일밖에 없었다. 이불이 흐느적거리며 바닥으로 미끄러졌다. 은석은 자신의 불룩한 배를 만져 보았다. 더이상 통증은 느껴지지 않았고 침을 삼켜도 목구멍이 따갑지 않았다. 땅으로 고개를 치박고 한참을 기다려도 알갱이는 더 나오지 않았다. 헛것을 봤구나! 그는 그렇게 믿으려 했다. 그러나 알갱이를 엄지와 검지로 비볐을 때 느껴지는 매끈한 막의 감촉은 틀림없이 현실의 감각이었다. 착각이 아니었다.

  은석은 심란한 마음을 잠재우고자 정리를 시작했다. 일종의 현실 도피였다. 떨어진 이불과 태블릿을 줍고, 너저분하게 놓인 베개 역시 가지런히 두었다. 마지막에는 이부자리로 엉금엉금 들어가 시체처럼 두 손을 배꼽 위에 두고 머릿속을 정리하기 시작했다.

  병에 걸린 걸까? 어떤 병일까? 뱃속에서 석류나무가 자라고 있는 걸까? 어쩌면 꽃을 피웠을 수도 있다. 아니, 아니다. 이미 열매를 맺었으니 꽃은 지고 없겠다. 조금 전에 마지막 열매가 빠져나온 걸 수도 있지 않나? 열매를 모두 따 버리면 나무는 생명력을 잃게 되는 걸까? 은석은 자문 끝에 결론을 도출했다. 나무의 생명력은 곧 그의 생명력이며, 나무가 시들면 그도 시들 것이다.

석류 알갱이는 나의 마지막 잎새구나! 은석은 깨닫고야 말았다. 조금은 우울한 유레카가 도래한 순간이었다. 수명이 정해진 인간의 삶이 유쾌할 리 없으므로. 마지막 열매가 입 밖으로 떨어지는 순간, 그는 최후를 맞이할 것이다. 은석은 놀라움에 머리가 멍해져 한참을 입만 벌리고 있었다. 새로운 진리를 발견한 세기의 철학자처럼, 아니면 미지의 수학 문제를 푼 위대한 수학자처럼 생각지도 못한 결론에 도달한 그 자신에 대한 경이로움이 먼저 들었다. 죽을 수도 있다는 두려움이 든 건 그 다음의 일이었다. 본인의 우수함에 빠져 허우적거리던 은석은 어느 순간 정신을 차리더니 부엌 찬장을 뒤적였다. 얼마 없는 살림살이를 헤치며 찾은 건 작은 유리병이었다. 통, 석류 알갱이가 유리와 부딪치며 경쾌한 소리를 냈다.

다음 날 아침, 은석을 깨운 건 동생 은결의 전화였다. 그는 은결과 이야기를 나누는 도중에 석류 알갱이 두어 개를 더 뱉어냈다. 처음과 달리 별다른 통증은 없었다. 은결에게 방금, 그리고 어젯밤에 겪은 일을 말해줄까 고민했지만, 괜한 걱정을 끼칠 수도 있겠다는 생각에 진료를 받은 후에 알려주기로 마음먹었다. 그는 전화를 끊고 달리다시피 병원으로 갔다. 마음이 급했다.

첫 번째로 만난 의사는 무슨 내과협회 회장을 지냈네, 외국 어디 의대를 나왔네, 하는 등 그의 이력을 나열해 놓은 홍보 포스터로 파악이 가능한 사람이었다. 이토록 뛰어난 자질을 가진 의사라면 자신의 병명을 알고 있을지도 모른다는 기대감이 들었다. 간호사가 은석의 이름을 호명하자 그는 비장한 걸음으로 진료실에 들어갔다. 자리에 앉기 무섭게 의사의 상냥한 목소리가 들려왔다.

"어디가 불편해서 오셨어요?"

"병에 걸린 것 같아서요."

"구체적인 증상이 어떠신가요?"

"아픈 건 아니고…."

의사는 차분히 은석의 말이 끝나기를 기다렸다. 주저하던 은석은 결국 자신의 강점인 진솔함을 내보이기로 결심했다.

"몸에서 석류가 나와요."

인자한 표정과 부드러운 말투를 유지하던 의사의 얼굴에 일순 균열이 생겼다. 그러나 그는 전문가답게 금세 표정을 갈무리했다.

"속이 메스껍고 구토를 하신다는 말씀이세요?"

"말 그대로예요. 어젯밤부터 석류 알갱이가 나와요."

결국 표정 관리에 실패한 의사는 본인이 생각하기에도 어색하게 입꼬리를 올리고 나서야 다시 물음을 건넬 수 있었다.

"음식물이 목에 걸린 건 아니시고요?"

"아니라니까요, 글쎄!"

의사는 그게 말이 되냐고 쏘아붙이고 싶었지만 볼펜을 몇 번 달각거리는 것으로 겨우 참아냈다. 티 나지 않게 한숨을 쉰 그는 눈앞의 환자에게 형식적인 제안을 했다.

"그럼 엑스레이라도 찍어 보시겠어요?"

그 말을 들은 은석은 기분이 팍 상했다. 실력 있는 의사인 줄 알았더니만 그도 결국 자기 잇속을 챙기려는 장사치에 불과했다. 정확한 진단을 내려줄 생각을 하는 건 고사하고 돈만 뜯으려는 심산이 분명했다.

"됐어요! 사람을 뭔 정신병자 취급하고 있어……. 순 돌팔이 아냐?"

씩씩거리며 병원을 나서려는데 카운터에 앉아 있던 간호사가 그를 급히 불러 세웠다. 진료비 만 오천 원 수납을 도와드리겠다는 말이었다. 그에 은석의 기분은 완전히 바닥을 쳤다. 뭐 하나 해 준 것도 없으면서 돈을 내라니. 한참 실랑이를 하다가 경찰을 부르겠다는 의사의 으름장에 은석은 카운터 위로 돈을 던지다시피 하고 나왔다. 그러곤 5분 정도 더 걸어 두 번째 의사와 세 번째 의사를 만났다. 그러나 그들도 좀 전의 의사와 똑같으면 똑같았지 다르지는 않았다. 심지어 마지막으로 만난 의사는 은석이 증상을 말하자마자 정색하며 벌레 보듯 하기까지 했다.

진실된 나를 아무도 이해하지 못해. 결국 모든 병원에서 쫓겨난 은석은 집으로 가는 길바닥에 대고 중얼거렸다. 그의 눈에 이제 의사들은 소중한 석류나무를 고사$_{枯死}$시키려는 계략을 품은 악당들로 보였다. 그러자 어미가 뱃속에 태아를 잉태한 듯 은석은 자신의 안에 들어서 있을지도 모를 나무에게 애틋함과 보호 본능을 느꼈다. 은석은 자신의 배를 소중히 감싸 안았다.

집에 돌아온 은석은 분통을 터뜨리고 지인들의 염려도 받고 싶어 박 감독에게 전화를 걸었다. 그가 전화를 받자마자 쉴 새 없이 말을 쏟아냈다. 어젯밤에 갑자기 석류를 토했는데 아무래도 몸에서 나무가 자라는 것 같다, 오늘 아침에도 증상이 이어져서 병원에 갔는데 의사들이 죄다 돌팔이여서 곧 죽게 생겼다, 내가 감독 안 하고 원래대로 의대에 갔다면 그 치들보다 훨씬 뛰어난 의사가 됐을 것이다, 하며 잠시 숨을 돌린 순간 은석의 귀에 들려온 건 선명한 단절음이었다. 뚜—. 뚜—. 다시 전화를 걸어 봤지만 수신 거부 메시지만 들려올 뿐이었다. 은석은 이 감독, 최 감독, 황 피디한테 차례로 전화하여 똑같은 이야기를 했고 죄다 똑같은 반응이 돌아왔다.

"또 시작이야? 끊어!"

손바닥에는 갓 나온 알갱이 네 개가 더 생겨 있었다. 은석은 어느덧 바닥을 다 덮은 유리병에 저금하듯 알갱이를 넣었다. 한 병을 다 채우는 건 시간 문제였다. 영롱한 붉은 빛을 보고 있으니 기특한 마음이 들었다. 이게 다 제 뱃속에서 나왔다니. 오래 살아 달라는 부탁을 건넨 뒤 은석은 마지막으로 은결에게 전화를 발신했다.

- 아침에 통화했잖아. 또 왜?

짧은 연결음 이후 들린 목소리는 퉁명스러웠다. 밖에 나왔는지 수화기 너머로 소란함이 전해졌다. 은석은 습관적으로 주눅이 들었다.

"사실 말 못 한 게 있어서… 나 좀 아픈 것 같아."

- 뭐? 어디가?

빠른 속도로 바람이 스쳐 가는 소리가 들렸다. 조용한 곳을 찾아 바삐 걷고 있는 것 같았다. 그러나 얼마 가지 않고 바람 소리가 뚝 끊겼다.

"나도 정확한 병명은 모르는데… 자꾸 석류를 뱉어."

- 뭐?

은결의 목소리 끝이 작게 갈라졌다. 뒤이어 그의 한숨 소리가 들려왔다.

- … 요즘 시나리오 쓰고 있어?

"거짓말이 아니야. 진짜라니까? 방금 또 뱉었어!"

석류성 거짓말

은석은 절박했다. 날 믿어 줘. 친분이 있다고 생각했던 감독들 모두 그의 말을 믿어주지 않았고, 심지어 욕설을 뱉거나 반응조차 보이지 않았다. 그들은 은석을 이해하지 못했고 앞으로도 이해하지 못할 것이다. 그러나 은결은 한 핏줄이니 다를 거라는 기대는 무참히 무너지고 말았다.

- 장난치는 게 재밌어? 어떻게 그런 거짓말을 해? 엄마가 어떻게 돌아가셨는지 뻔히 다 알면서.

"난 진실해. 아무래도 몸 안에서 나무가 자라는 것 같아!"

마치 눈앞에 은결이 있는 것처럼 은석은 붉게 충혈된 눈을 홉뜨고, 가래가 들끓는 목구멍을 열어젖히며 열변을 토해냈다. 사방팔방 침이 튀었다.

- 지친다, 정말. 형은 제발 그 망상 좀 그만해. 그게 언제 적 일인데 아직도 그러고 있는 거야? 그거 병 맞으니까 병원 가서 상담 받아. 끊는다.

은석은 끊긴 휴대폰을 붙잡고 비명을 질러댔다. 이 세상은 가짜다! 세상 사람들도 다 가짜다! 진짜는 그 자신뿐이다. 그러니 아무도 그를 이해하지 못하는 것이다. 그는 쉰 목소리로 중얼거리기도 하고 대뜸 허공에 대고 외치기도 했다.

은석은 본인이 진실한 인간이라 주장하고 다른 사람들은 그렇지 않다고 부정하지만, 사실 누구보다도 거짓과 가까이 있는 사람이었다. 틈날 때마다 걸작을 써냈다고 동네방네 떠들고 다녔고, 세상에 다신 나오지 않을 명작이라며 연신 으스대곤 했다. 그러나 그의 시나리오를 실제로 본 사람은 아무도 없었다. 그 말을 철석같이 믿었던 사람들은 처음에는 그 걸작 좀 보여달라 아우성들이었다. 그러나 그럴 때마다 돌아오는 건 완강한 거부였다. 본인을 제외하고서는 누구에게도 보여줄 수 없다는 게 그 이유였다. 이 대단한 이야기를 누가 훔쳐갈까 봐 걱정된다나 어쩐다나. 그러자 사람들은 의문스러워했다. 그럼 투자는 어떻게 받을 건데? 배급은? 가만히 앉아 있으면 영화가 만들어져? 은석은 아무 대답도 하지 않았더랬다. 정적 끝에 그는 다 방법이 있다며, 입봉할 날이 머지않았다고 가슴을 탕탕 두드리며 다시 으스대기 시작했다. 사람들은 마주 보며 어색하게 미소지을 뿐이었다.

    다행히 은석은 책상 앞에 가만히 앉아만 있지는 않았다. 투자자를 구하기 위해 발품을 팔긴 했다. 하지만 말 그대로 발품뿐이었다. 끊어질 듯 가느다란 인맥을 겨우 붙잡아 투자처들과 어찌저찌 미팅은 잡았으나, 그가 가진 거라곤 사지 멀쩡한 몸뚱어리와 번지르르한 입이 고작이었다. 시나리오는 고사하고 스토리보드 하나 가져오지 않은 뻔뻔한 지망생을 향해 그들은 격노했다. 당장 자리에서 일어나려는 걸 온몸으로 막아선 덕분에 시간은 벌었지만, 그런다고 하늘에서 시나리오가 뚝 떨어질 리 만무했다. 은석은 식은땀을 뻘뻘 흘리며 구두로나마 자신의 시나리오를 소개했다. 그러나 그들의 마음을 돌리기엔 역부족이었다. 의과 대학을 지망하는 엘리트 고등학생들이 건달처럼 칼로 난동을 부리며 치고받고 싸운다는 비현실적인 이야기에 관심을 보일 리 없었다. 홀로 남은 은석은 목덜미까지 흐른 땀을 닦으며 밀린 숨을 몰아쉬었다.

첫 미팅을 거하게 말아먹었기 때문에 은석에게 기회는 좀처럼 찾아오지 않았다. 영화계 뒤쪽으로 암암리에 그에 관한 소문이 퍼진 이유도 있었다. 세상에 입으로 시나리오를 쓰는 사람이 있더라는 제법 우스운 소문이었다. 비웃음을 사는 건 당연했다. 그러나 은석은 도리어 역정을 냈다. 자신은 분명히 시나리오를 '썼다'는 것이다. 그렇다면 왜 가져오지 않았느냐는 물음에 은석은 다시 침묵으로 답했다. 그리고는 다음에 본때를 보여 주겠다며, 삼류 악당이 내뱉을 법한 대사를 치고는 사라졌다. 그는 이런 식으로 칩거 생활을 자주 반복했다. 그러나 그 간격은 불규칙했다. 짧으면 1개월, 길면 2년 간격으로 대문을 박차고 나와 또 끝내주는 시나리오를 썼다며 아는 감독들을 찾아가 말하는 일을 반복했다. 역시나 실체 없는 시나리오였다. 그러나 은석은 여전히 자신이 대성을 거둘 것을 틀림없이 믿고 있었다. 그렇게 믿는 건 오직 그 하나뿐이었고 주위 사람들은 점점 지쳐 갔다.

어느 날의 은석은 꿈에서 깨자마자 희게 질린 얼굴로 자신의 팔, 다리, 머리, 발가락 따위를 더듬더니 이내 안심했다. 25층짜리 건물 옥상에서 떨어지고도 멀쩡했기 때문이다. 부러지기는커녕 생채기조차 없었다. 동네 공원에서 캐치볼을 하던 중학생들이 던진 공이 뒤통수를 가격하고도 혹 하나 생기지 않았을 때부터 은석은 자신의 정체를 조금씩 의심하고 있었다. 사실은 자신이 강철 인간이 아닐까 하는, 처음에는 다소 유치한 공상에 그쳤었다. 그러나 어떠한 위해가 그에게 찾아와도 다칠 일은 없을 것이라는 확신이 생긴 지금, 그건 그저 공상이 아니게 되었다. 그때도 몸이 강철로 변했으면 좋았을 텐데.

그런 은석을 보며 은결은 기억 왜곡 좀 그만하라고 말하곤 했다. 왜 있는 그대로 받아들이지 못하느냐며 비난했다. 굳건했던 엄마가 쓰러진 건 다 형의 '그 일' 때문이라고. 결국 지저분한 공장 바닥에서 생을 마감한 이유가 영화감독이 되겠다며 설치던 형을 돌보기 위해서였던 걸 정말 모르냐고. 그러나 은석은 맹세컨대 자신의 기억은 절대 틀리지 않았다고 자신했다. 엄마는 나 때문이 아니라 고질적으로 앓고 있었던 병으로 죽은 거야. 망상 따위가 아닌 온전한 기억의 잔상을 말하고 있었음을 열변했으나, 이미 은석의 거짓말로 지쳐 버린 귀에 닿을 리 없었다. 하지만 은석은 억울했다. 의학과 입시를 준비했을 정도로 암기력이 좋고 비상했던 자신의 두뇌를 절대적으로 믿었기 때문이다. 억울하게 누명을 쓰고, 의과 대학을 포기하고, 가해자의 신분으로 학교를 자퇴하게 된 건 은석이 무심결에 머릿속 한구석으로 밀어 버린 순도 그대로의 진실이 맞았다. 다만 동시에 그가 가장 외면하고 싶은 부분이었던지라 사건을 완전히 새로운 국면으로 맞이하기 위한 한 가지 묘책으로 기억을 왜곡하는 방법이 선택된 것이었다. 은석이 설명하는 그날의 진상은 이렇다.

은석은 고등학교 입학 이후로 전교 1등을 놓쳐본 적이 없었다. 그런 은석을 시샘하는 무리가 있었다. 재력가 부모, 얍삽한 성정, 비열한 친화력은 두루 갖췄으나 책상 앞에 진득하게 붙어 앉아 있거나 능동적으로 학습을 수행할 성격은 못 되는 애들이었다. 반대로 은석은 그들처럼 고액 과외를 받지도 암암리에 공유되는 기출 문제로 실전 감각을 익히지도 못하는, 소위 말하는 가난하고 성실한 학생이었다. 다행히 공부 머리를 타고났기 때문에 그는 노력으로 약점을 가릴 수 있었다. 그럼에도 불구하고 1등을 빼앗지 못하는 상황에 그들은 은석에게 분풀이를 했다. 특히 재진이 그에게 가지는 악의는 실로 대단했다. 교육계에 영향력을 휘두르는 엄마의 치마폭에 싸여 있으면서도 재진은 항상 은석보다 뒤처졌고 유리한 조건을 잘 써먹지도 못했다. 그러니 맨날 2등에 그쳤겠지.

지금 와서 고백해 보건대 은석도 한때 재진에게 열등의식을 느꼈었다. 자기는 한여름 밤 앉은뱅이 걸상에 앉아 땀을 뻘뻘 흘리며 샤프를 달칵거릴 때 재진은 에어컨과 가습기 불빛이 반짝이는 널따란 방에서 양질의 문제집을 넘기고 있었을 테니까. 하지만 자고로 인간은 안분지족해야 고등한 생명체로 거듭날 수 있다고 은석은 늘 스스로 세뇌하곤 했다. 그렇게 부정적인 감정들을 쳐내야 공부에 집중할 수 있었다. 그러나 재진은 은석에게 느끼는 감정을 열등감이라 표현하는 걸 부끄럼으로 여긴 모양이었다. 그랬기에 은석의 영어 경시대회 발표문을 급식소 뒤편 음식물 쓰레기통에 처박고, 은석의 사물함 안을 갈가리 찢은 지폐로 가득 채워 조롱하고, 어디서 잡아 온 건지 모를 지네와 애벌레 사체 따위를 운동화에 넣고 즐거워하며 애써 숨겼으리라. 은석은 그런 재진이 한심해 보였다. 고등 생명체가 될 생각은 없는 건가. 그와 어울려 주기엔 시간도 여유도 없어 모조리 무시했다. 장난 수준에 그쳤던 행동이 점점 도를 넘어설 때도 마찬가지였다. 부정행위자로 몰렸을 때에서야 은석은 반격을 시도했다. 논리적인 언변술로 재진의 위협을 성공적으로 떨쳐냈지만, 여전히 살기는 잔존했다.

    복잡하게 얽혀 있던 사건들이 명쾌해진 어느 시점, 그때 이길 수 없는 시련이 찾아왔다. 어쩌면 시련이 아닐지도 몰랐다. 비록 학교를 중퇴하고 전도유망한 미래를 포기하긴 했지만, 진정한 꿈을 찾아 나서는 동력으로 작용하지 않았는가.

    질투가 극에 달한 재진은 결국 충동을 이기지 못해 그의 졸병들과 은석에게 달려들었다. 하지만 은석은 일방적으로 당하고만 있지 않았다. 그는 용맹한 사람이니까. 인터넷 소설에 흔히 나오는 내용처럼, 1대 다수의 싸움에서 기적적으로 승리를 쟁취한 은석은 영웅이 되었다. 그러나 악당 재진이 속삭인 거짓말로 인해 영웅이라는 지위는 금세 사라지고 말았다. 영웅 놀이는 아무런 관심도 받지 못한 망한 영화처럼 조용히 막을 내렸다. 신물이 난 은석은 제 발로 학교를 떠났다.

여기까지가 은석이 기억하는 사실이자, 많은 투자자 앞에서 선보였던 시나리오의 영감이 된 사건이었다. 그러나 은석의 사실과 진실 사이에는 상당한 괴리가 존재했다. 시나리오 내용처럼 칼부림이 일어난 적이 없는 것은 물론이고 종일 책상에 앉아 공부만 하던 모범생에게 홀로 다수를 무찌를 만한 체력이 있다는 건 말이 안 됐다. 그가 말하고 있는 사실이 거짓이라면, 그는 과연 거짓말쟁이가 되는가.

은석이 거짓말쟁이가 된 건 거짓을 동경한 탓이었다. 불행은 비틀린 감정을 낳았다. 은석은 계속 불행했다.

은석의 각색을 거치지 않고 사건을 풀어보자면 이렇다.

재진은 은석을 싫어했다. 은석이 가진 묵직하고 성실한 이미지는 마치 타고난 것처럼 보여, 흉내낼 수도 넘을 수도 없는 커다란 벽처럼 느껴졌기 때문이다. 부족함 하나 없이 자랐고 얻을 수 있는 건 모두 얻어 왔던 그는 처음으로 박탈감, 열등감 그 비슷한 감정을 느꼈다. 그러나 재진은 가난한 주제에 성실한 은석이 꼭 버둥대는 벌레처럼 보이기 때문이라고 자위하며 절대 자신의 감정을 인정하려 들지 않았다. 그 감정을 받아들이는 순간 패배자가 될 것이라는 직감 때문이었다. 그래서 더욱 은석을 괴롭혔다. 초조해하지 않는다는 것을 보여 주기 위해, 그리고 은석을 내심 부러워하고 있다는 것을 은폐하기 위해. 그러나 어떤 시비를 걸어도 은석은 무덤덤했다. 뒤집힌 벌레는 하루 꼬박 버둥거리다가 결국 몸을 돌리는 데 성공했고, 유유히 제 길을 갔다. 제 발아래에서 죽어 간 벌레가 얼마나 많은가. 재진은 거짓된 판을 짜기로 결심한다.

은석의 가방에서 발견된 USB는 틀림없이 수학 선생의 것이었다. 선생은 그를 추궁했다. 이게 왜 여기서 나오냐고. 재진이가 말해 주기로는 여기에 시험 문제가 들어 있다는 걸 네가 알고 있었다던데. 은석은 심히 당황스러워하며 항변했다. 시험 기간에 교무실에 어떻게 들어가겠냐고. 그러자 옆에서 구경하다시피 서 있던 재진이 부러 고개를 갸웃거리며 의문을 제기했다.

"어제 영어 16번 문제 이상하다고 이의 제기하러 가지 않았어?"

그러자 졸병 중 하나가 자기도 은석이가 나가는 걸 봤다고 증언했다. 아. 단말마의 탄식과 함께 그가 급하게 말을 덧붙였다.

"이번 수학 시험에서 유일하게 만점이라면서요? 그게 가능하냐고요. 쌤 제자 중에 백 점 맞은 사람 한 명도 없었다면서요."

선생은 복잡한 심경으로 바닥에 떨어진 자신의 USB와 은석의 얼굴을 번갈아 보았다. 지금까지 문제 한 번 일으킨 적 없던 은석이기에 이 상황을 받아들이기 어려웠다. 하지만 재진도 우등생인 건 마찬가지라, 그의 발언을 가벼이 넘길 수 없었다. 전교생의 반발을 감당하기 싫었던 선생은 결국 눈앞의 증거를 믿기로 했다. 사실 인간의 껍데기만큼 유약한 게 없었다. 얼마든지 꾸며내고 숨길 수 있으니 성품이란 건 그다지 신빙성 있는 단단한 증거도 아니었다.

"일단 은석이 넌 0점 처리할 테니 그렇게 알고 있어. 자세한 건 회의 후에 결정될 거야."

"네? 선생님 다시 생각해 주세요. 제발요. 0점은 정말 안 돼요. 저 죽어요."

와중에 은석의 머릿속을 지배한 건 처음 보는 USB가 왜 자기 가방 속에서 발견되었는지가 아니라 바닥으로 곤두박질칠 제 점수와 등급이었다. 결백을 호소했지만 선생은 매정한 손길로 은석을 복도로 쫓아냈다. 가슴이 두근거리고 손발이 저렸다. 사고 체계가 고장난 것 같았다. 그런 은석의 옆을 재진이 가벼운 발걸음으로 지나갔다.

다음 날, 학교는 발칵 뒤집혔다. 하루 사이에 재진의 얼굴이 엉망이 되어 있었기 때문이었다. 학생부장 선생은 재진을 먼저 불러 자초지종을 물었다. 그는 우물쭈물하며 쉽게 입을 열지 않았다. 겨우 회유하여 듣게 된 말은, 정말이지 가관이었다.

"어제 하굣길에 은석이가 절 따라오더니 대뜸 USB 네가 넣은 거지? 그렇지? 하고 묻더라고요."

잠깐 말을 끊고 생각에 잠긴 재진은 이내 정정했다.

"사실 묻는 게 아니라 답을 강요하는 느낌이었어요. 제가 범인이길 바라는 눈치였거든요. 내일 학교에 가면 네가 범인이라고 말하라는 요구를 계속 거절했더니 저를…."

쉽사리 이해가 가지 않았던 선생은 재진을 다시 타이르며 도대체 은석이가 무슨 이유로 그런 협박을 했는지 물었다. 그러자 재진의 얼굴이 붉게 달아올랐다. 입술을 몇 번이나 달싹거리다가 다물기를 반복하더니 결국 순순히 실토했다.

"잘못된 행동이라는 건 알고 있어요. 그… 실은 제가 학교 선생님한테 과외를 받고 있었거든요. 근데 은석이가 그걸 우연히 알게 된 이후 제 약점을 무기 삼아 휘두른 지 좀 됐어요. 당연히 지금은 그만뒀죠."

선생은 다시 속으로 생각했다. 가관이군.

"아. 그때 은석이가 USB 위치도 알려줬어요."

열쇠로 잠긴 두 번째 서랍 맨 안쪽에 있는 작은 상자 안. 맞죠? 그 말을 들은 수학 선생의 얼굴이 사색이 되었다.

은석과 재진의 위치는 그렇게 고정되었다. 부정행위를 저지른 정황이 포착된 지 하루도 지나지 않아 폭력 사태를 일으킨 은석은 순식간에 가해자가 되었다. '정말 은석이가 그랬을까?'에서 '정말 은석이가 그랬구나.'로 바뀌는 건 금방이었다. 은석의 진술은 들을 필요도 없었다. 학교 입장에서는 이 일을 무조건 숨겨야 했기 때문이다. 관리 책임을 다하지 않은 선생에게 향할 대중의 몰매도 피곤할뿐더러 범법을 저지른 교사가 소속된 학교라는 불명예를 방만한 이사장이 두고 볼 리 없었다. 위신에 집착하는 집단은 희생양을 알아보는 안목이 유난히 탁월했다. 힘없고 가난한 학생. 은석의 얼굴에도 작은 생채기가 있었다. 하지만 재진에 비할 것은 아니었다.

 재진의 노력은 대단했다. 그는 있지도 않은 사실과 증인들을 토대로 진실을 만들었다. 정교한 거짓은 말이 된다. 말이 되면 진실이 된다. 진실은 이긴다. 강하지도 성숙하지도 않았던 그는 도망치듯 학교를 중퇴했다. 그리고 방구석에 틀어박혀 쉬지 않고 혼잣말을 했다.

 나는 수학 선생의 USB가 어디 있는지도 모른다. 재진을 찾아간 건 맞지만 때린 적은 없다. …아닌가. 혹시 나도 모르는 사이에 그를 때리고 있었을까? 그동안 아무렇지 않은 척 넘겼던 그의 악행들이 날 좀먹고 있었을까? 영향을 주고 있었을까? 은석은 그의 손바닥을 내려다 보았다. 새파란 핏줄이 점점 피부를 뚫고 나오더니 완연하게 모습을 드러냈다. 그리고 그 순간 은석은 비명을 지르며 손바닥을 옷자락에 문질러 닦았다. 검붉은 액체가 얼룩을 남기며 일그러졌다. 미처 닦지 못한 것들이 바닥으로 쏟아져 튀어 올랐다. 이제 은석의 몸 안에는 씻을 수 없는 오욕이 남았다.

살아내기 위해. 그는 모든 거짓을 진실로 만들겠다는 원대한 꿈을 가지게 된다. 의대를 포기한 게 아쉽지 않을 리 없겠지마는, 거짓말을 해야만 세상이 만들어진다면 기꺼운 마음으로 거짓된 진실의 세계에 속하리라. 그곳에 가야겠다. 그곳에 가면 비로소 행복해질 것이다.

그제야 은석은 자기 변론을 시작했다. 거짓에 거짓으로 대응하는 요령을 열심히 공부하는 방식이었다. 그때부터 거짓이 은석의 몸속으로 차츰 가지를 뻗었다. 뱃속에 뿌리를 내리고 열매를 맺기까지 그리 오랜 시간이 걸리지 않았다.

〇

어둠이 해를 게걸스럽게 먹어치운 어느 새벽, 눈을 뜬 은석은 목 안이 꺼끌꺼끌해 기침을 했다. 후두둑. 덩어리진 석류 알갱이가 쏟아졌다. 빛이 없으니 주우려고 해도 보이질 않았다. 은석은 대충 손바닥으로 쓸어 모아 유리병을 올려 둔 탁자로 갔다. 손에 힘을 주어 뚜껑을 열었다. 알갱이들이 유리 표면과 부딪치는 소리가 났다. 은석은 이상함을 느꼈다. 수분이 빠져나간 알갱이들은 경쾌한 소리를 내지 않는다.

불을 켜서 보니, 석류 알갱이는 굳어서 돌이 되어 있었다.

벨 소리를 듣고 깬 은결은 비몽사몽한 상태임에도 불구하고 화가 치밀었다. 새벽 3시였다. 실은 오후에 은석과 그런 식으로 통화를 마무리한 게 내심 걸렸었다. 하지만 여전히 정신을 차리지 못한 형을 보니 쓸데없는 걱정이었다.

"은결아, 어떡해? 석류가 돌이 됐어! 수분이 다 빠져나가서 그런 걸까? 응? 내 안에 있는 열매도 말라 비틀어지면 어떡해? 나도 돌이 되는 걸까?"

은결은 답답하다는 듯 숨을 내쉬며 미간을 문질렀다. 도대체 무슨 헛소리를 하는 건지. 대꾸 없이 전화를 끊고 싶은 마음이 굴뚝 같았지만 은석을 차마 매정하게 무시할 순 없었다. 그래서 대충 맞장구만 쳐주었다.

"그거 큰일이네."

"난 이제 죽을 거야."

급박해 보이는 은석과는 달리 은결은 더이상 쏟아지는 졸음을 견딜 재량이 없었다.

"근데 형, 미안한데 아침에 다시 얘기하자. 끊는다."

정말로 안타까운 건, 은결이 은석의 목소리를 듣는 건 그날 밤이 마지막이었다는 것이다.

    은결과의 전화를 끊은 은석은 두려움에 벌벌 떨었다. 마침내 고사$_{枯死}$의 시간이 찾아왔다. 그건 곧 은석의 죽음을 의미했다. 역시나 어느 의사도 알지 못하는 희귀병에 걸린 게 분명했다. 아직 입봉도 못 했는데. 이대로 떠나기엔 못다 이룬 게 많았다.

    아니다. 곰곰이 생각해 보니 전혀 무서워 할 필요가 없었다. 오히려 그의 오랜 숙원을 이룰 수 있는 기회였다. 이 세상은 거짓투성이다. 훌륭한 거짓말을 하고, 진실을 말하는 존재는 오직 은석 자신 뿐이다. 그런 세상을 등지고 홀로 진실한 존재로 최후를 맞이한다는 건 은석이 오랜 시간 꿈꿔 온 가장 완벽하고 이상적인 결말이었다.

    데뷔를 하지 못하는 것도, 이름난 감독이 되지 못하는 것도 아쉬웠지만, 무엇보다도 은결을 두고 떠난다는 게 가장 가슴 아렸다. 아빠는 일찍이 집을 나갔고, 엄마는 일하다 죽었기 때문에—병사였나?— 남은 핏줄이라곤 은결 하나였다. 한 핏줄이니 은석은 당연히 은결과 모든 것이 연결되어 있고 모든 게 통할 줄 알았다. 하지만 동생은 형의 마음을 한 치도 몰라주었다. 은석은 차라리 잘됐다고 생각했다. 훌쩍 떠날 수 있었으니까.

석류성 거짓말

은석은 휴대폰 전원과 방 안의 불을 전부 껐다. 마치 땅속에 들어온 것처럼 사위가 고요했다. 땅속 깊은 곳에 들어가 잠을 청했다. 자신의 배를 꼭 껴안은 상태로.

○

은결은 응답 없는 문을 몇 번이나 두드렸다. 벨을 눌러도 마찬가지였다. 일주일째 연락이 없는 은석이 걱정돼 오랜만에 그의 집을 찾아온 것이었다. 출발 전, 은석의 친구인 박 감독에게 혹시 형과 통화한 적이 있느냐고 물었지만 없다는 답만 들려왔다. 박 감독이 조심스러운 목소리로 혹시 은석에게 무슨 일이 생겼는지 물었다. 자신도 알 수가 없어 지금 가 보려 한다고 하자 박 감독이 안부 전해달라는 말을 남기며 전화를 끊었다.

언제까지고 밖에 서 있을 수 없었기에 은결은 기억 속을 더듬었다. 그의 형은 단순한 사람인지라 비밀번호도 분명 예상 가능한 숫자일 텐데. 처음에는 은석의 생일을, 그 다음에는 엄마의 기일을 눌러 봤다. 마지막에는 자신의 생일을 눌렀다. 그러자 잠금이 해제되었다. 은결의 표정이 묘해졌다.

집안의 공기가 싸늘했다. 시체 하나가 누워 있어도 이상하지 않을 만큼 을씨년스러운 분위기였다. 은결은 닭살이 올라온 팔을 문지르며 은석을 불렀지만, 자신의 목소리만 울릴 뿐이었다. 식탁에 반찬거리를 싼 보따리를 올려놓고 주변을 두리번거리고 있는데, 발에 무언가 차였다.

그건 검붉은 돌이었다. 무언가가 굳어 돌이 된 형태를 한. 은결은 그것의 정체를 짐작할 수 없어 어리둥절했지만 곧 그것의 정체를 알게 되었다.

은결은 잘못 본 거라고 믿고 싶었다. 그러나 발은 멈추지 않았다. 앞으로, 더 앞으로. 은석이 누워 있는 곳까지 갔다. 그는 떨리는 손을 뻗어 은석의 옆에 쌓인 탑을 무너뜨렸다.

석류 알갱이들이 핏방울처럼 저마다 여기저기로 튀어 올랐다. 식탁 아래에서 발견했던 것과는 달리 수분이 아직 남아 있는, 매끈하고 탐스러운 열매였다. 약간의 온기도 느껴졌다. 방금까지만 해도 숨을 쉬고 있었다는 듯이. 무언가를 말하고 있었다는 듯이. 그러나 빨간 돌들에 둘러쌓인 은석에게는 숨소리가 흐르지 않고 있었다. 은결은 비명이라도 지르고 싶었으나, 너무 놀라서 목소리가 제대로 나오지 않았다.

은석은 돌이 되어 있었다. 입은 벌린 채였다. 은결은 뒤로 젖혀진 은석의 머리를 앞으로 밀어 입속의 것들을 쏟아내게 했다. 와르르. 많은 양의 석류 알갱이와 빨간 돌들이 섞여 나왔다. 그 양이 어찌나 많은지, 이것들이 은석의 목구멍을 틀어막은 탓에 제대로 호흡하지 못한 나머지 돌이 됐다고 생각할 정도였다. 어금니와 혀 뒤쪽에 끼어 있어 미처 나오지 못한 것들은 은결이 손수 입안을 긁어 빼내야 했다. 그러면서 은결은 울었다. 혀의 감촉마저 뻣뻣했기 때문이다. 그는 이미 생명의 상태에서 벗어난 것 같았다. 은석의 하소연은 순수한 진실이었음을 비로소 알게 되었다. 그러나 은석은 이미 땅속에서 안온함을 발견한 상태였고 은결은 그 안에 들어갈 수 없다.

 은석은 언젠가 석류나무로 자라게 될까?

× 나눔의 룰

동그랗게 파인 천장 구멍 아래로 밝게 빛나는 폭포수가 쏟아져 내린다. 일직선으로, 아주 곧게. 추락한 물은 방바닥에 고이지 않는다. 꿈이기 때문이다.

 눈을 뜨자 아무것도 보이지 않는다. 어둠을 '아무것'이라 칭할 수 있다면, 서술을 번복한다. 반지하 단칸방에 든 어둠만이 현재 유일한 볼거리였다. 느린 속도로 눈을 깜박이고 있지만 그 찰나도 아깝게 느껴진다. 눈꺼풀이 한 번 닫히고 열릴 때마다 그 잔상이 점점 흐려지기 때문이다.

 눈이 멀 듯이 빛나던 폭포수였다. 사라지지만 않았다면 분명 세상에서 가장 아름다운 폭포가 될 수 있었을 텐데. 아쉬운 마음도 잠시, 전신을 타고 올라오는 냉기에 몸을 부르르 떨며 이불을 머리끝까지 덮어썼다. 그럼에도 추위가 가시지 않아 자꾸만 이가 혀를 짓씹었다.

며칠 전 갑자기 보일러가 터져 집주인에게 전화를 했으나 받지 않았다. 후에 앞집 커플이 말해주기를, 주인 내외가 발리로 여행을 가서 1월쯤에나 돌아올 거라고 했다. 그 사실을 몰랐던 나는 신경질적인 손길로 이불을 걷어 몸을 일으켰다. 백 번 걸면 한 번은 받지 않을까 하는 마음을 포기할 수 없었다. 끝내 연락이 닿지 않는다면 좁은 방에 덩그러니 누워 있는 변사체로 마지막 인사를 나누겠지.

차디찬 바닥에 발을 내리자마자 발가락이 저절로 곱아들고 한기가 얼굴을 강타했다. 여기가 밖인지 안인지 분간이 안 될 정도였다. 허공에 대고 입바람을 부니 김이 피어오르는 모습이 선명하게 보였다. 어이가 정말 없으면 웃음이 나오는구나. 역시나 응답 없는 핸드폰을 붙들면서는 실성한 것처럼 큰 소리로 웃기까지 했다.

체념한 상태로 다시 이불 끝자락을 잡고 누우려는데 문득 반쪽짜리 창문에 시선이 갔다. 수증기 낀 유리창 너머로 눈이 내리고 있었다. 어쩐지 겨울밤이 너무 밝더라니. 나는 작게 혀를 찼다. 제발 눈이 쌓이지 않기를 바라며, 그러나 그렇게까지 간절히 바라지는 않으며, 다시 눈을 감았다.

날이 밝았다. 그런데 이상했다. 기이할 정도로 사방이 고요했다. 앉은 상태 그대로 눈동자를 굴려 시곗바늘을 보았다. 시침이 8을 가리키고 있었다. 바쁜 발걸음 소리가 가장 많이 들리는 시간이었다. 그런데 지금은 발걸음 소리는커녕 사람 말소리조차 들리지 않았다. 의아한 마음이 든 것도 잠시, 나는 창문을 뚫고 들어온 무언가를 발견한 후 홀린 듯 그쪽으로 다가가고 있었다.

철창 사이로 몸을 밀고 들어온 건 아주 기다랗고 뾰족한 고드름이었다. 가장 깊은 곳에 고이려다 냉각된 물의 흔적이 말라붙어 있는, 틀림없는 얼음 덩어리. 유리가 고드름의 모양대로 변형되어 있었다. 부자연스러우면서 자연스럽게. 그것은 딱딱한 유리의 형태를 구태여 망치면서까지 들어온 침입자임과 동시에 이론적으로 절대 불가한 원리를 깨부수고 온 괴짜였다. 유리는 깨지지 않았는데, 고드름은 제 모양 그대로 방 안으로 들어왔다. 어떻게 이런 기이한 일이 생길 수 있을까? 꿈에서 아직 헤어나오지 못한 걸까?

내 몸은 방 안에 냉기를 더하는 존재를 본능적으로 거부하고 있었다. 모든 신경계가 태만해진 듯 제자리에서 발가락 하나 자유롭게 움직일 수 없었다. 어떤 감정이 거부감을 불러냈는가. 평온한 일상을 깨뜨릴 것 같다는 불안? 생전 본 적 없던 압도적 크기를 마주한 위압감? 예리한 날을 번득이며 내 심장을 관통할 거라는 공포?

아니. 그런 흔하디흔한 감정들과는 다르다. 나는 이 얼음 덩어리가 무섭지 않았다. 비명을 지르며 밖으로 뛰쳐나간다거나, 이 상황을 알린다거나 하는 부산스러운 행동을 보이고 싶진 않았다. 나에게 벌어진 일을 스스로 감당해 내고 싶었다. 오롯이 나 혼자. 천천히 팔을 뻗었다. 얼음 끝을 만져도 보고 힘을 줘 잡아당겨 보기도 했다. 그러나 냉기로 인한 욱신거림만 손바닥에 흥건했다. 창문에 박힌 고드름은 꿈쩍도 하지 않았으며 모든 게 꿈이 아닌 현실임을 증명할 뿐이었다.

나는 얼얼함이 눈에 보이기라도 하는 것처럼 손바닥 위를 응시했다. 춥다. 시리다. 차갑다. 결코 몰아낼 수 없는 추위였다. 겨울은 견고한 얼음이었고, 나는 그 안에 갇혔다. 언제부터 갇혀 있었는지는 기억나지 않았다.

그쯤 되니 오기가 가슴 속에서 불꽃처럼 튀어 올랐다. 그건 차가운 분노이기도 했다. 그 분노는 이 달갑지 않은 불청객을 무슨 수를 써서라도 쫓아내야겠다는 다짐으로 이어졌다. 살림살이를 뒤져 찾아낸 도구들은 남성용 가죽 장갑, 드라이기, 녹슨 식칼과 망치가 전부였다. 초라하기 짝이 없었지만 이 주 전에 대규모 짐 정리를 자행한 걸 감안하면 이마저 남아 있는 것도 용했다. 감각이 없어진 손바닥을 비비며 입김을 불어 넣으니 일순 용기가 샘솟았다. 양손에 장갑을 끼며 비장하게 각오를 다졌다. 확실히 그 애의 것이라 헐렁했지만 움직이는 데 지장은 없었다.

첫 번째로 시도한 방법은 만반의 준비를 끝낸 물리력으로 다시 승부를 보는 것이었다. 쉽게 말해 무식하게 힘으로 들이대 보는 방법이었다. 얼음 끝을 꽉 잡고 배 쪽으로 끌어당겼다. 그러나 한참을 끙끙거리기만 하다가 십 초도 되지 않아 지치고 말았다. 심지어는 숨이 차서 헐떡이기까지 했다. 식도에 음식을 집어넣는 일 외엔 하루 대부분을 누워서 보냈으니, 체력이라거나 기력이라거나 아무튼 힘이라 부를 만한 게 남아 있을 리 없었다. 그래도 일말의 기대감을 가진 채 얼음의 상태를 확인해 봤지만 일 밀리미터의 진전도 없어 보였다.

   장갑을 벗어 바닥에 아무렇게나 던졌다. 포기하기엔 아직 일렀다. 콘센트에 코드를 꽂고 드라이기의 입구를 얼음이 있는 방향으로 조준했다. 위이잉- 적막함을 뚫은 소음과 열기는 오직 차가운 고체 덩어리를 향했다. 녹아라, 흘러내려라. 주문 같은 바람을 담아 속삭였다.

   바람이 부질없이 흩어졌다. 알고 보면 이건 그저 고드름의 모습을 한 강철이 아닐까? 그 정도로 딱딱하고 비정한 마음씨를 가진 게 아니고서야 눈물 한 방울 흘리지 않을 리 없었다. 녹지 않는 얼음이라니. 그런 게 실재한다는 것은 곧 자연의 섭리를 초월한다는 뜻이 아닌가? 그건 있을 수 없는 일이었고, 있어서는 안 됐다. 이제 와 세계의 원칙을 뒤엎는다면 뒤엎기 전에 사라진 존재가 불쌍했으므로.

   자연의 힘조차 정답이 아니라면 다시 인간의 힘으로 돌아가는 수밖에 없었다. 생전 잡은 적 없던 망치를 들어 올렸다.

생각보다 무게가 많이 나가 몸이 휘청거렸다. 볼썽사납게 넘어질 뻔하여 망치 머리를 도로 바닥으로 향하게 두곤 숨을 골랐다. 그러고 보니 어제 아침부터 아무것도 먹지 않았다. 어떤 날은 음식물들의 잔향이 유독 잘 느껴져 목 뒤로 삼키지 못하기도 하는데, 어제가 바로 그런 날이었다. 물만 겨우 넘겨 보낼 여력만 남은 날. 그런데 하필 물이 다 떨어진 바람에 먹을 수 있는 게 하나도 없었다. 주문하기도 귀찮아 다음 날로 미뤘던 걸 이 거대한 불청객에 정신이 팔려 잊고 있었다. 여러모로 불편한 아침이었다.

    하지만 무언가를 해내기에 좋은 아침이기도 했다. 사람은 자고로 목표를 이뤘을 때 에너지를 얻는 존재이고, 나는 물로 채우지 못한 에너지를 충전하고자 새로운 목표 한 가지를 설정했다. 저 얼음을 쫓아낸 후 마트에 가 신선한 재료들을 잔뜩 사 오는 것. 그리고 방치된 가스레인지 불을 켜서 맛있는 음식을 만드는 것. 메뉴는 아직 정하지 않았지만 해빙을 기념할 만한, 화려한 것으로 고려해 봐야겠다. 그 열망을 원동력으로 삼은 나의 말랑한 손바닥이 망치의 손잡이를 다시 단단히 움켜잡았다. 그러고는 산산조각난 얼음을 상상하며 있는 힘껏 그것을 내리쳤다. 한 번으론 부족할 것 같아 눈을 질끈 감은 채 대여섯 번을 연달아 내리쳤다. 슬쩍 눈을 뜬 나는 실망을 감출 수 없었다. 고드름의 첨단은 여전히 뾰족하게 빛나고 있었기 때문이다. 떨어져 나간 얼음 조각 하나 없이, 처음의 그 완벽한 상태 그대로. 둔탁한 소리를 내며 떨어지는 망치의 공허한 울림은 방 안까지 퍼져 나갔다.

손바닥도 열도 망치도 제 쓸모를 다하지 못했는데 식칼이라고 다를까. 얼음을 칼로 써는 모습을 상상하니 우스꽝스러워서 시도해 볼 생각이 싹 사라져 버렸다. 예쁘게 조각내서 뱃속에 집어넣을 것도 아니고. 칼등으로 내리친다 해도 그 힘은 망치에 미치지 못할 터였다. 무슨 짓을 해도 이 얼음은 깨지지 않는다는 결론이 났다.

그렇게 고드름과의 대치 상황은 내가 패배를 선언함으로써 끝이 났다. 열망을 품었던 게 무색하게 포기까지 이르는 과정은 무척 빨랐다. 그래서 오히려 마음이 편해졌다. 어쩌면 처음부터 고드름과 반목할 생각은 없었던 걸지도 몰랐다.

외롭던 차에 잘됐지. 나는 그렇게 중얼거리며 고드름 앞에 주저앉았다. 고드름을 녹이기 위해 썼던 도구들이 너저분하게 널어져 있었지만 치워야겠다는 생각은 들지 않았다. 그럴 체력도 없었다. 조형물 같은 고드름을 멀거니 바라보는 일 외엔 아무것도 하고 싶지 않았다.

그래서 나는 나를 위해 전시된 얼음 동상을 구경하는 데 시간을 쏟기로 했다. 시간이 얼어붙었다가 이내 조금씩 녹기 시작한다. 그 어느 지점에서 그것에게 대뜸 물었다.

"넌 떠나지 않을 거야?"

목소리가 갈라져 나왔다. 나도 내 목소리를 오랜만에 들어

어색했다. 정적 끝에 힘없는 웃음이 터졌다. 대답이 돌아올 리 없었다. 얼음한테 말을 걸다니. 모르는 사람이 보면 분명 머리가 어떻게 된 줄 알겠다. 하지만 한 번 물꼬가 트인 말문은 줄줄 새어 나갔다.

"그랬으면 좋겠다. 녹지도 깨지지도 않는 고드름이면 여름이 와도 함께할 수 있잖아."

그때 창문 앞쪽으로 트럭 한 대가 지나가면서 큰 진동이 느껴졌다. 어느샌가 두런거리는 말소리, 자동차 엔진 소리 등 세상의 소리가 들리고 있었다. 그리고 보니 다른 사람 눈에는 이 기이한 광경이 보이지 않는 걸까? 나는 목을 길게 빼서 바깥을 살폈지만 누구도 반지하를 뚫고 들어온 얼음 덩어리에 관심을 보이지 않았다.

드디어 내가 미친 걸까?

나는 대답을 구하듯이 고개를 돌려 고드름을 보았다. 한기를 풀풀 풍기는 녀석은 고집스럽게 입을 다물고 있었다. 그 모습에 문득 어떤 이름이 떠올랐지만, 의식적으로 잊었다. 차마 붙잡지도 담지도 못하는 그 이름 대신 나는 다른 이름을 또렷한 목소리로 발음했다.

"다눈."

너의 이름이 다눈이었으면 해서, 나는 염원을 담아 한 번 더 그 이름을 불렀다.

"다눈."

그러자 대답이라도 하려는 듯이 다눈의 몸이 미세하게 꿈틀거렸다. 나는 잔재한 진동의 여파 때문이라는 걸 알면서도 감동했다. 그리고 거짓말처럼 눈물이 쏟아졌다. 눈물이 뺨에서 가슴께로 후두둑 떨어져 심장의 온도를 높였다. 나는 열병이라도 걸린 것처럼 굴고 있었다. 열이 오른 이마를 다눈의 몸통에 비비며. 조금이라도 체온을 낮춰주길 바라며.

나를 장악했던 현실의 추위를 쫓아낸 건 더욱 커다랗고 단단한 추위였다. 어쩌면 현실의 것이 아닐지도 모르는.

난데없이 쏟아진 눈물을 수습하고 나자 다눈을 향한 호기심이 증폭했다.

다눈은 어쩌다가 이렇게 볼품없는 단칸방까지 오게 되었을까? 어떤 경로를 통해 왔을까? 유성우가 떨어지는 것처럼 그도 이 땅에 불시착한 걸까? 그는 왜 하필 좁디좁은 창살 틈에 자리잡았을까? 다눈은 왜 뿔이 하나일까? 이 단단하고 뾰족한 게 뿔은 맞나? 유니콘의 것과 닮았지만 손가락 마디를 닮은 줄도 없고 영롱하다는 감상도 들지 않았다. 오히려 다눈은 아름답다기보다 투박했다.

쾅쾅, 갑자기 창문을 사정없이 두드리는 소리에 놀라 고개를 치켜들었다. 사나운 눈발과 위협적인 강풍이 지나가면서 낸 소리였다. 아침이 된 게 무색하게도 해는 어느덧 잿빛 구름 사이로 자취를 감추고 없었고, 윗집 수도관 터지는 소리보다 우렁찬 목소리로 비명을 지르고 나니는 눈만 가득했다. 우중충하고 혹독한 겨울의 시간이 다시 찾아온 모양이었다. 나는 멍한 눈으로 눈보라를 바라보았다. 넋 빠진 모양새가 수증기 낀 창문에 비쳤다.

그때 고통에 찬 짐승의 울음이 귓가로 밀려온다. 아득한 과거로부터 들려오는 소리. 현재와 단절될 정도로 멀리 떨어져 있던 그 소리는 먼발치에만 머물다가 이내 메아리처럼 점점 가까워진다. 자신이 여전히 살아있음을 알리는, 통곡의 메아리였다.

나는 소리의 근원으로 추정되는 것을 향해 조심스레 다가간다. 그러고는 귀를 바싹 가져다 댄다. 말을 하지 못하는 너는 온몸으로, 그리고 공기의 파동으로 너의 감정을 표현하고 있었던 걸까?

그제야 깨달았다. 멸종을 받아들이지 못한 너는 먼 과거로부터 현재에 불시착하여 뿔이 끼이는 형벌을 받았다는 걸. 녹슨 창살이 너의 단단한 뿔을 짓누르는 고문을 받고 있다는 걸. 그래서 지금 너는 무척이나 괴롭다는 걸.

○

앞이 보이지 않을 만큼 내리던 눈발이 사그라들었다.

다눈은 나보다도 더 불쌍하다. 이 좁은 방에 도달할 때까지 계속 혼자였기 때문이다. 나 역시 짙은 고독을 떠안게 된 적이 있었다. 하지만 내겐 그 애가 있었고, 그래서 완전히 고립되지 않을 수 있었다. 미약한 온기는 오래 남는다. 그 불씨는 지금까지 살아 있었다.

다눈을 보살펴 주자. 녹지 않고 이 좁은 창살로부터 자유로워질 수 있는 방법을 찾아서 알려주자. 혼자보단 둘이 좋으니까. 쓸쓸하지 않으니까. 그게 우리가 친구가 된 이유였다.

그를 살리려면 내가 먼저 살아야 한다는 마음가짐으로 움직였다. 마트에 가서 봉지 가득 식료품을 구매했다. 생수를 들고 올 손이 없어 한 번 더 갔다 와야 했다. 그치지 않을 것 같았던 눈은 기상 관측 결과를 보란 듯이 벗어나며 완전히 그쳤다. 참으로 변덕스러운 날씨였지만 그 덕분에 오랜만의 외출이 수월하게 끝났으니 나로서는 눈의 변덕 따위 아무래도 좋았다.

낑낑대며 들고 온 생수 묶음을 현관에 가지런히 쌓아두었다. 기진맥진해진 나는 차가운 방바닥에 벌러덩 드러누웠다. 두꺼운 패딩을 입었음에도 등 위로 소름이 올라왔다. 하지만 방 어느 구석을 가도 추운 건 마찬가지라 굳이 움직이진 않았다. 이대로 얼어 죽진 않겠지. 근거 없는 믿음도 한몫했다.

천장을 본다. 때가 낀 낡은 천장이었지만 구멍은 없었다.

하다못해 거미줄이나 쥐가 다니는 길이라도 있을 법한데. 과하게 낡은 것치고 과하게 멀쩡한 게 신기한 집이었다. 마치 누군가 내 상상을 엿본 것처럼 이 집은 내가 원했던 조건을 모두 충족했다. 오래된 건물 특유의 습기가 살 냄새처럼 곳곳에 배어 있어야 하지만 곰팡이가 슬면 안 되고, 벽지가 누렇게 변색되어 있지만 갈라진 틈은 없어야 하며, 외풍이 들어오더라도 물이 새는 건 싫었다. 쥐가 다니는 건 괜찮지만 바퀴벌레가 알을 까는 일은 두고 볼 수 없었다. 하지만 불결한 것을 보지 못하고 쥐도 바퀴벌레도 무서워했던 그 애는 이 방에 들어섰을 때 연신 불안해하며 커다란 손으로 내 옷자락을 잡았었다. 기분 나쁜 냄새가 나. 그가 뱉은 감상평의 첫 줄이었다. 그 뒤론 내 할 일에 집중하느라 그가 마저 발화했던 감상 내용이 기억나지 않았다. 대충 비슷한 맥락이었던 것 같은데.

나는 인상을 찌푸리며 몸을 일으켜 세웠다. 좋지 않은 징조였다. 그 애를 떠올리는 시간이 달갑지 않았다. 2주 넘도록 그 애 생각이 난 적이 없었는데. 다눈이 몰고 온 여파였.

상념을 잊기 위해 식자재를 냉장고에 마구잡이로 쑤셔 넣었다. 들어가다 만 귤 하나가 발치로 굴러왔다. 대충 정리를 끝낸 나는 그 귤과 물 한 병을 가지고 매트리스 위로 올라갔다. 특유의 탱글탱글한 주황빛 몸이 나올 때까지 껍질을 벗기다가 몸을 조각내어 입안에 넣었다. 혀끝에 신맛이 감돌았다. 고민하다가 천천히 목 안쪽으로 넘겼다. 삼킬 수 있을까? 조마조마한 마음으로 과일 조각이 위장 안쪽으로 내려가는 느낌을 기다렸다. 마침내 뱃속 어딘가로 안착한 편안함이 들었다. 나는 안도하며 남은 조각들을 마저 먹어치운 뒤 텁텁함이 남은 입안을 물로 헹궈냈다. 그리고 잠시 멍을 때리다가 다눈을 힐긋댔다.

'우리 친구 하자!' 같은 유치한 선언으로 다눈과 나의 관계를 성립시킨 건 아니었다. 말하자면 나의 일방적인 구애에 가까웠다. 다눈의 대답을 들은 게 아니었으니까. 하지만 그는 내가 나갔다 온 사이에 도망가지도 녹지도 않았으니 나를 반 정도는 받아들인 게 아닐까? 입 없는 상대를 향한 정신적인 폭력을 가한 게 아니냐는 비난을 듣는다면 할 말은 없다.

그렇지만 너나 나나 외로운 존재인 건 변함이 없잖아. 외로움은 또 다른 외로움을 마주했을 때 그나마 옅어진다. 동류를 마주했다는 작은 안도만으로도 구원받았다는 착각을 불러일으킬 수 있었으니까. 종국에 가서 그것이 실체가 아닌 허상이었음을 알게 될지라도, 지금 이 순간에 내 외로움을 달래주었다는 사실은 고정불변한 형태로 내 머릿속에 들어앉아 끝끝내 기억될 것이다. 그러니 우리는 분명 협조적인 관계가 될 수 있다고 믿었다. 이런 나라도 받아 줘. 결국 내가 하고 싶었던 말이었다. 나 역시 다눈이 몰고 온 냉기를 견디고 있으니.

다눈과 교감하고 있으면 시간의 흐름조차 망각하게 됐다. 세상사 따위 관심 없어 보이는 꼿꼿한 자태와 주변을 의식하지 않는 당당함에 시선이 오래도록 머물었다. 그는 오로지 그 자신을 들여다보는 일에 집중하고 있는 것 같았다. 다눈, 너는 지금 무슨 생각을 하고 있어? 혹시라도 낙오의 이유를 찾고 있다면, 또는 찾을 예정이라면 그만둬.

패인은 어디에도 없으니까. 없는 걸 찾아봤자 더 괴로워질 뿐이다. 실제로 나는 실패를 받아들이지 못한 사람의 최후를 목격한 바가 있었기에 더욱 통감했다. 그가 아는 모든 건 그의 약점이 되었다.

어느새 부쩍 짧아진 해가 저물고 밤이 찾아왔다. 다눈의 몸이 달빛을 받아 아름답게 반짝였다. 해수면 위로 올라온 고래의 물기 어린 등이 빛나듯이. 밤은 다눈의 시간이었다. 그리고 나는 그의 시간을 응원했다. 부디 고통 없는 유랑이 되기를 바라며 그로부터 등져 누웠다.

내 눈치는 보지 말고 마음껏 빛나고 있어. 난 너의 아름다움엔 관심 없으니까.

○

어느덧 다눈과 함께 산 지 일주일이 지났다. 연락 하나 오지 않는 장식 같은 핸드폰, 아무도 두드리지 않는 문. 창밖으로 오가는 발걸음 소리는 나에게 무관심했다. 다눈만이 내 이야기를 들어 주었다. 나는 그에게 어떤 날에는 희극을, 또 어떤 날에는 독백으로 가득 찬 원테이크 영화를 선보였다. 그는 이따금 몸을 흔들며 즐거워했다. 소재가 고갈될 때면 가만히 앉아 그를 무성 영화 삼아 시청하기도 했다. 공연이나 영상을 만들어 보여주려면 그에 맞는 소재가 필요했는데, 사람을 만나지 않고서는 도저히 이야깃거리를 얻어낼 수 없었다. 기껏해야 마트 채소 코너 아주머니가 오랜만에 본다며 말을 걸었던 일, 건물주와 겨우 연락이 닿았지만 나도 모르게 전화를 끊어버린 일—그렇다고 전화를 다시 걸고 싶진 않았다—, 택배가 눈 속에 처박혀 맨손으로 상자를 발굴해야 했던 일 정도였다. 나는 모서리까지 축축해진 택배 상자를 들어 대수롭지 않게 물기를 털어냈다.

폭설 때문에 3주나 지연되어 도착한 물건이었다. 그러나 그만큼 시간이 오래 지났으므로 나는 아직 받지 못한 짐이 있었다는 걸 모르고 있었다.

쉽게 잊을 수 있었다는 말의 의미는 소중히 여겼던 시간과 가치가 점점 퇴색되었다는 거야.

발신인은 D.W. 오래도록 잊고 있었던 이니셜을 마주하자마자 든 생각은 '내가 왜 이름을 잊고 있었지?'였고, 곧바로 기억난 답은 '내가 잊었었지'였다. 과거를 하나둘씩 잊다 보면 현재로 이어지는 순간마저 단절되어, 더이상 미래를 꿈꾸지 않아도 될 거라는 기대감만이 나의 마지못한 연명의 이유였기 때문에.

그러나 오랜만에 마주한 소중한 이름과 기억은 나를 들뜨게 했다. 이미 생기를 잃은 이름으로 택배가 도착한 것을 수상쩍다고 느끼지 않을 만큼. 의식적으로 떠올리지 않으려 했던 지난날의 노력이 얼마나 부질없던지.

슬픈 걸 슬프다고 말하는 게 어렵냐고, 언젠가 그 애에게 들었던 타박이 떠올랐다. 나는 눈앞의 것을 있는 그대로 받아들이지 못했다. 그럴 때마다 택했던 건 언제나 도망이었다. 그렇게 나와 그 애 각자의 슬픔으로부터 멀어지려 했으나, 자리를 뜨지 못하고 서성거린 결과, 결국 맞닥뜨리게 되었다. 상태는 예상보다 양호했다. 겁먹었던 데에 비해 슬픔의 무게가 가벼웠던 걸지도 모르겠다. 아니면 무뎌졌거나.

상자를 품에 안고 현관문에 들어서니 다눈의 기척이 느껴졌다. 마치 그게 뭐냐는 듯 묻는 것 같았다. 나는 싱긋 웃으며 대답했다. 나도 몰라, 하지만 이건 분명 오늘의 운명을 결정할 거야.

예상대로 그건 오늘의 운세와도 같은 물건이었다. 모호하고 추상적이고 제멋대로인 점이 비슷했다. 그 안에는 한 무더기의 가죽 장갑과 함께 얇은 종이 한 장이 들어있었다. 그 종이 한 장이 내 운명을 점지했고 나는 곧 운명론자가 되었다.

다눈의 뿔

○

인간은 추악하고 더러워.

습관처럼 내뱉던 말이었다. 그 애는 결벽증이 있어서 씻을 때를 제외하고 늘 장갑을 착용했다. 어느 날 참다못한 나는 작작 좀 하라며 소리를 질렀다. 그리고 그건 그를 또다시 피곤의 구렁텅이로 내모는 행동이란 걸 알았다. 하지만 화 한 번 내지 않은 유순함은 불같은 변덕을 더 활활 타오르게 하는 기름이었다. 마음속 찌꺼기들을 모아두는 둥그런 받침엔 축적물이 가득 차 역겨운 냄새를 풍겼다. 나는 그 애의 온정을 거름마냥 흡수하여 더 무럭무럭 자라는 중이었다.

너 때문에 장갑만 보면 다 찢어버리고 싶어. 네가 아무리 사람을 더럽게 여기고 닿지 않으려 애써봤자 결국 네가 경멸하는 건 인간의 머릿속이지, 몸은 아니잖아. 그럼 적어도 한 번쯤은,

일순 목구멍에서 뜨거운 덩어리 같은 것이 올라왔지만 억지로 삼켜 없앴다. 내가 하는 양을 멀거니 지켜보는 그 애의 눈과 긴장한 듯 공기막에 가로막힌 숨소리를 내보내는 코는 지척에 있었다. 허리를 아주 조금만 세워도 입술이 닿을 만한 거리였다. 우리의 거리는 이토록 가까워 보이지만 실상은 그렇지 않았다. 나는 원망스러운 눈초리로 침대 위에 곱게 포개진 그 애의 손을 내려다봤다.

날 쓰다듬어 줄 수 있는 거 아니야?

다소 신경질적인 말투가 강둑 터지듯 와르르 무너졌다. 재난의 파편은 고스란히 그 애한테로 가 박혔다. 그의 만면에 쓸쓸한 기류가 퍼지는 걸 나는 코앞에서 지켜봤다.

그가 침대 아래로 발을 내딛자, 내려앉아 있던 매트리스가 가볍게 몸을 튕기며 일어섰다. 반면 내 심장은 무거운 추를 단 것처럼 빠른 속도로 밑바닥을 향해 추락했다.

미안.

내 눈물을 그치게 하기 위한 사과는 아니었을 것이다. 확실히 하고 싶었겠지. 앞으로도 생각을, 그리고 마음을 바꿀 일은 없을 거라고. 사죄는 오히려 독이 됐다. 손등으로 눈 밑을 아무렇게나 쓸고 닦았더니 쓰라렸다. 부은 환부를 기어코 가른 건 아이를 달래듯 상냥한 목소리였다.

하지만 너한테 늘 말했잖아. 현실이 있어야 비현실이 있다고. 그래야 비현실이 현실에 침투할 여지가 생기는 거라고.

그렇게 말하는 그 애의 낯빛은 여전히 우울해 보였지만 특유의 총기는 사라지지 않고 남아 있었다. 그런 그를 세간에서는 천재 과학자라 불렀지만 내게는 그저 비논리에 갇힌 미치광이 연인일 뿐이었다. 와중에 반짝 빛나는 그 애를 보니 울적해졌다. 내가 붙인 화가 그의 심지를 더 타오르게 만든 것 같아서. 한쪽은 켜지고, 다른 한쪽은 꺼지고. 사실 우리는 썩 어울리지 않았다. 그래서 늘 도망치고 싶었지만, 그럴 때마다 그 애가 붙잡았다. 그럼 난 또 화를 내며, 켜켜이 쌓인 찌꺼기 아래에 못난 마음을 숨겼다.

미친 새끼.

그래서 이번에도 꼭꼭 숨겼다. 그의 가슴에 상처가 났기를. 하지만 흉 지지 않기를. 가학과 사랑은 무관하지 않았다. 후회도 멀지 않은 곳에 있었다. 넌 어떤 심정이었을까. 겉보기엔 담담해 보였었는데.

떨어져 있던 회색 후드티를 어느샌가 주워 입은 그는 내 얼굴을 보며 씩 웃었다. 먼저 갈게. 나는 부러 대꾸하지 않았다. 먼지 낀 신발장 위를 맨손으로 짚으며 스니커즈에 발을 집어넣을 때까지. 끝내 배웅하지 못했다. 그가 손을 흔든다.

어쩌면 조금 늦을지도 모르겠어. 그러니 혼자 잘 있어야 해, 알았지?

그게 그 애와 나눈 마지막 대화였다.

○

"너에게 들려줄 이야기가 있을 줄 알았는데, 아쉽게도 오늘은 할 수 없을 것 같네."

담배를 한 모금 빨아당기자 볼우물이 움푹 파였다. 방 안에는 어느덧 연기와 어둠이 드리워져 있었다.

"네가 빛나는 시간이 다가올수록 이상하게 나는 점점 초라해져. 좀 웃긴다, 그치?"

다눈은 말이 없었다.

폭설 경보 메시지가 산사태처럼 계속 들어왔다. 주기도 예고도 없이 시작점만 있는. 나는 다 태우지 못한 담배를 재떨이에 지져 끄고는 창밖으로 던졌다. 볼품없이 타들어가고 찌그러진 마음을 새하얀 눈이 모조리 덮어주길 바라며, 그리고 이번에는 꽤 절박하게 빌어보며.

시린 바람이 구멍을 낼 듯 목덜미를 찔러댔다. 감각이 저릿한 손가락 대신 미지근한 손바닥을 창문에 붙여 옆으로 살짝 밀었다. 다눈의 몸통에 닿지 않을 만큼. 다눈과 붙어 앉은 나는 반쪽짜리 틈새로 밤새 눈구경을 했다.

기이하도록 깊은 잠에 빠져들었던 나를 깨운 건 온 세상을 뒤흔드는 듯한 폭풍 소리였다. 몸을 일으켰다. 질서 없이 휘몰아치는 눈덩이들이 도로에 한가득 추락하고 있었다. 세상은 완전히 겨울의 기세에 잡아먹히고 있었다.

바람 소리인 줄 알았던 굉음은 다눈의 비명이었다. 그 비명은 이제껏 들었던 다눈의 음성 중 가장 크고 높았다. 그는 괴로워하고 있었다. 밖에서부터 불어오는 바람이 그를 힘껏 밀고 있었고, 그 매서움에 끝이 서서히 벼려지고 있었다.

이불을 내던지고 다눈에게로 달려갔다. 어찌할 바를 모르고 발만 동동 구르다가 그를 부둥켜안고 보듬어 주었다. 하지만 조금도 나아지지 않은 듯 그는 고통에 찬 비명만 냈다. 내가 내는 소리도 별반 다르지 않았다. 울음을 참기 위한 억눌린 신음이 인간의 언어처럼 들리지 않았다. 짐승 같은 소리가 목울대를 내내 맴돌았다. 시간은 느리게 흘러갔고 체온은 빠르게 떨어져 갔다. 턱과 어깨, 가슴, 팔이 물 때문에 축축해졌다. 감각은 식은 지 오래였다.

아, 내가 하얀 불꽃이 될 수 있다면 좋을 텐데. 다눈이 녹아 사라질지언정 그의 고통을 해소해줄 수만 있다면 나는 또다시 홀로 남겨져도 상관없었다.

시야가 가물가물해진다. 날은 아직 밝지 않았고 칼날은 쉴 새 없이 던져지고 있었다. 하지만 이 와중에도 나는 인간이었기 때문에 본능에 굴할 수밖에 없었다. 허물어지는 몸뚱어리는 그 잘난 특기인 도망조차 치지 못하는 무용지물이 되었다.

네가 무사했으면 좋겠어. 살아남아서 나랑 한여름에도, 아니 영원 속에서도 영원을 살았으면 좋겠어.

○

정신을 차렸을 때 다눈은 없었다. 실눈도 뜨지 못할 만큼

앞이 밝아서 무슨 일이 일어났는지 파악할 때까지 긴긴 시간이 걸렸다. 다눈이 빠져나간 창살 사이로 물이 들어찼다. 방바닥은 진창이었고 그가 남기고 간 구멍이 내 심장으로 옮겨왔다. 그 사이로 바람과 고통이 자유로이 드나들었다.

나는 텅 빈 부위를 부여잡으며 다눈의 이름을 부르짖었다. 개처럼 네발로 기어 바닥을 샅샅이 뒤져 보아도 그는 보이지 않았다. 무릎에서 물이 찰랑거렸다. 손바닥으로 물을 몇 번이나 퍼 올렸지만 그것은 고민 없이 틈새로 추락했다. 어젯밤에 그런 소원을 빌지 말았어야 했다. 다눈을 녹여서라도 통증을 없애주고 싶다는, 그런 멍청한 소원 말이다. 나는 나 자신을 원망하다가 제멋대로 오고 사라진 다눈을 미워했다가 종내에는 파도의 염분이 되어 사라진 그에게 온갖 분노를 쏟아냈다. 아니, 그건 사실 분노로 위장한 단장斷腸의 슬픔이었다. 나는 비로소 내 슬픔과 마주할 수 있었다. 그러나 슬픔을 인정했다는 건 줄곧 외면해 왔던 현실을 받아들이게 되었다는 의미이기도 했다. 다눈은 결국 멸종해 버렸구나.

○

혹한기가 지나가고 따뜻한 바람이 불었다가 태양이 뜨겁게 작열했다. 그러나 이상하게도 나는 계속 추위에 시달렸다.

이불을 덮어도 몸이 데워지지 않았고 오한이 들었다. 여행에서 돌아온 집주인이 무성의한 사과와 함께 보일러를 고쳐 주었지만 집안에 훈기가 도는 일은 없었다. 나는 겨울에 갇혀 살았다. 얼음을 깨려는 시도도 않았다. 나에게만 들리는 소음이 끔찍하면서도 소중했기에.

존재감을 드러내기 위해선지 그게 또다시 찾아왔다.

눈과 귀를 모두 틀어막았다. 그러나 끈질기게 귓속을 파고들어, 나는 결국 굴복할 수밖에 없었다. 작은 구멍이 순식간에 그 소리로 점령 당했다. 나는 천장을 보며 빌었다.

"제발 이제 그만 찾아와."

응? 부탁할게, 다눈.

하지만 다눈은 고통에 찬 비명을 지르느라 내 목소리를 듣지 못했다. 설사 들었더라도 다눈은 모른 척하길 선택했겠지. 저를 잊지 말라 전할 수 있는 유일한 방법일 테니까. 그럼 나는 그의 의도대로 계속 그를 떠올리며 이 시간이 지나가기만을 기다릴 수밖에 없었다.

그때 갑자기 눈앞이 새하얗게 점멸했다. 이전과는 무언가 다르게 전개되고 있음을 본능적으로 알았다. 태양과 비교할 수 없을 만큼 강렬한 빛이 쏟아져 내렸다. 어느새 다눈의 음성은 멎어 있었다.

"안 돼!"

내 안위와 맞바꿔서라도 다눈과 함께하고 싶다는 다소 절절한 심정은 계속 가슴 속에 고여 있었다. 그를 붙잡아야 한다는 생각에 반사적으로 눈을 떴다. 그와 동시에 폭포가 세차게 쏟아졌다. 하릴없이 입이 벌어졌다.

천장에 다눈의 뽈 정도의 크기로 구멍이 뚫려 있었고, 그 아래로 올곧게 떨어지는 폭포수는 맑고 아름다웠다. 역시나 방바닥에 고이지 않는 물이다. 물줄기는 현실과 접촉하자마자 사라졌다. 나는 그 절경을 멍하니 바라보았다.

가슴 속에서부터 오르기 시작한 열이 손, 발, 머리로 점차 퍼지기 시작한다. 폭포가 일고 온 바람 한 줄기가 분다. 그러자 머리 위로 얇은 종이 한 장이 나풀대며 떨어진다.

보드라운 종이 위에는 그 애의 목소리가 휘갈겨 쓰여 있었다. 언젠가 그의 이름으로부터 배송된 상자에 장갑과 함께 들어 있던 메모였다. 그를 다시 맞닥뜨린 나는 어느새 목놓아 울고 있었다. 그 애의 맹신은 곧 나의 운명이었다.

나는 비현실이 되어 너에게 쏟아질 거야.
그때는 그럼 너도 믿겠지?

다눈, 아니.
단우는 계속 쏟아져 내리고 있었다.

석류성 거짓말

초판 1쇄 발행 2024년 5월 31일

글 온유경
책임편집 정한나
편집 위세련
디자인 장예슬
펴낸이 조승래
펴낸곳 밤산책가

출판등록 제2023 - 000024호
주소 광주광역시 동구 금남로 245, 전일빌딩 523호
이메일 yeosu115@naver.com
인스타그램 @evening_evening_

ⓒ밤산책가

ISBN 979-11-987645-1-5 (03810)